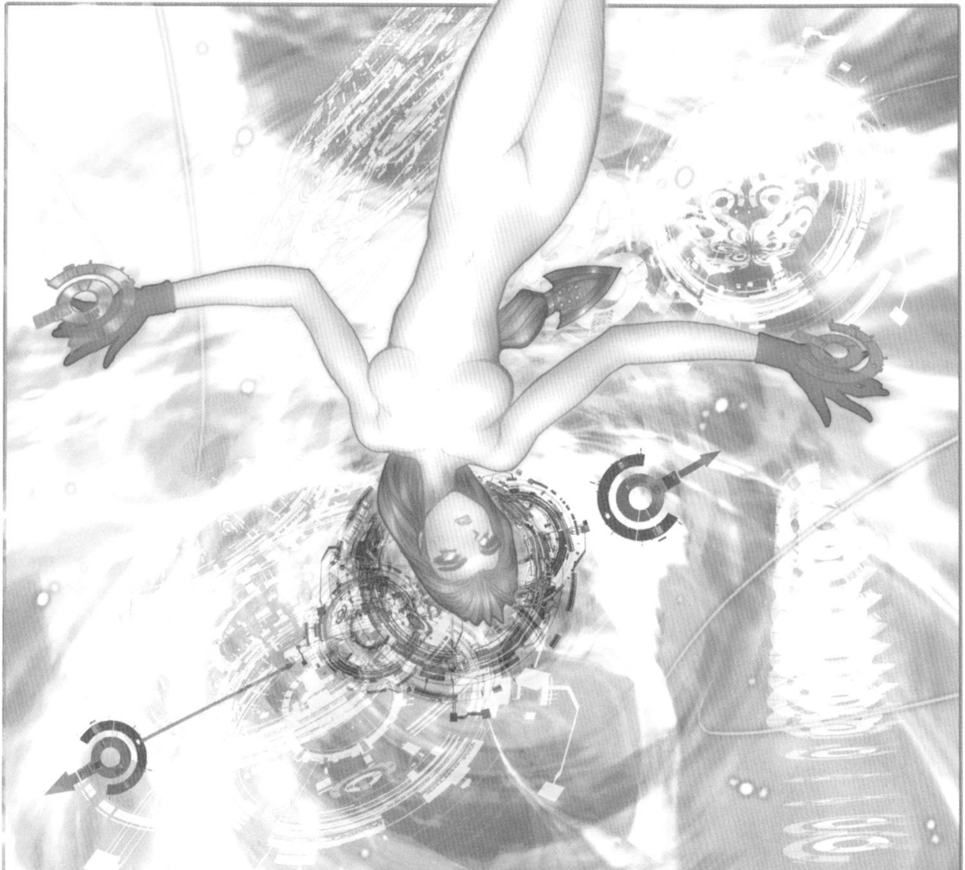

對於到達生化人已知極限的素子（Motoko）來說
正在運轉的儲存設備（drive）都是自己的身體
正在運行的資訊來源（source）都是自己的記憶
它們都是可以變化的
但是「生物零件」會週期性地要　　　睡眠
令她回想起自己的基本歸屬層
物質與資訊同樣都是她的現
一切實存　就是她那不知

ONLINE
ONLINE
ONLINE

攻殼機動隊 2

KOUKAKU KIDOUTAI

MANMACHINE INTERFACE

這是素子所能觀看（感受）到最廣泛的電子腦網絡的概念圖。看來像是好幾株樹狀結構複雜地交纏在一起，但整體的形象過於龐大而無法辨識。不過無論位處何處，都可以看到遙遠的彼端存在著三道如北極星一般巨大耀眼的光圓，那裡或許就是樹狀結構的中心。素子曾多次嘗試要前往那裡，但是因為太過遙遠、接近時又會碰到屏障阻礙，無法貿然接近。這三道光圓由兩道巨大而性質似乎互異的光圓、以及一道小了兩倍的光圓所構成。它們之間不斷地有光珥穿梭往來、活躍非常。

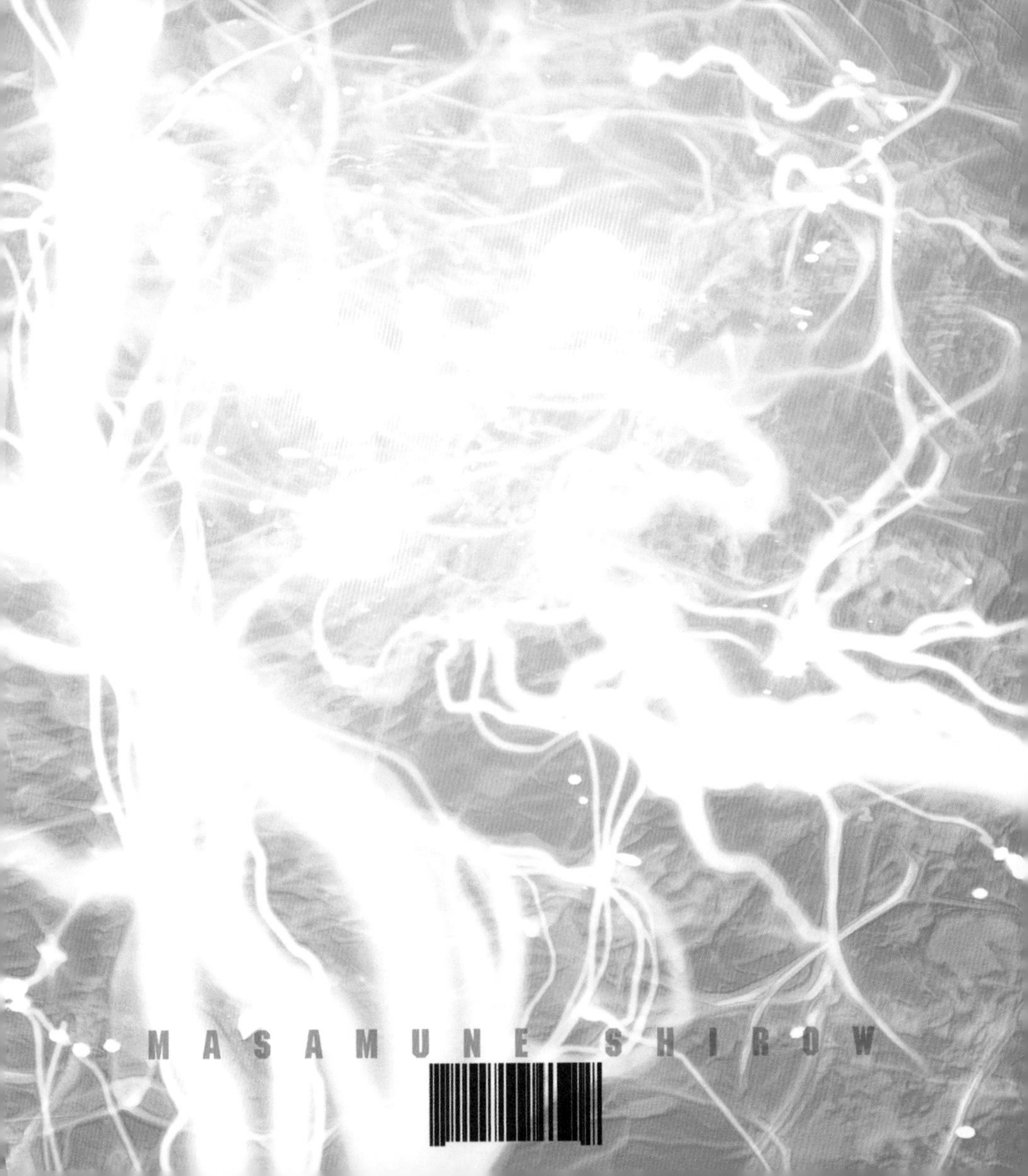

MASAMUNE SHIROW

博士的著書中寫到，宇宙肇始於單純簡素的大霹靂，之後不斷地冷卻結晶化，而生命則是促進結晶化、複雜化效率的系統，
也就是說，當宇宙到達最寒冷的時候，就是變得最複雜的時候？
01 PROLOGUE
2035.03.06.AM05:05
但是聽到複雜的宇宙，我們總有個活動非常熱絡的印象……
是嗎？
那是效率與電子的世界呀。
某個事物對象被喚作結晶化，我們可以想做是它已經停止繼續複雜化。

靈能局審靈官魂合環聽候差遣。
Tamai
Tamaki
時在天的三叉樹每隔千年左右便會顫動枝頭。
是。
得緣而中選的魂探女呀，妳當究竟這已知宇宙間最複雜的成象。
若發生安全保障方面的問題，我們會適時介入，
但基本上還是交由五十鈴做判斷。

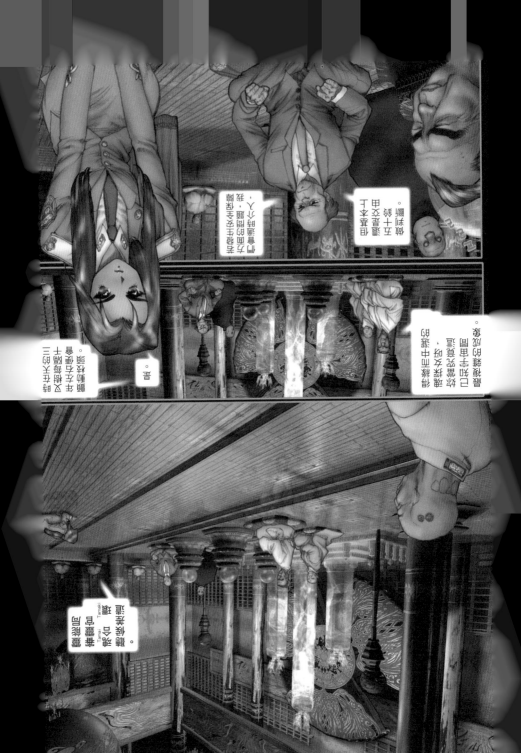

被認為是複雜成象之親的拉瀨波博士在與印度數學家會談後，於海洋上遭海盜襲擊身亡。
這已經由海自的高速巡航艦「白鮒魚」以及水上特種部隊確認。
另一位親魂又是如何？
其映影持續多重變化而無法準確確認……
……
一如既往。
就我所知，她已經先後與4柱魂魄融合，最近一次約在一年半以前……
融合後的暫時性混亂已經逐漸沉澱穩定，
喚名為「荒卷素子」。
時刻即將到來…
務必秉持誠心，畢汝職守。
是。

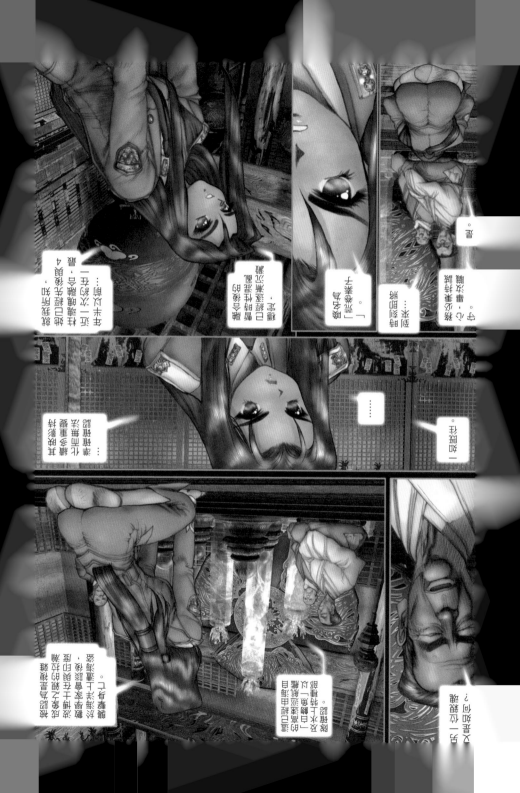

N13'10'32.9 E148'22'45.6
海上都市波塞頓管制區外　以船速 15 節需費時 153 分到達之距離的海上

!
洛基、柯南，再檢查一遍電子腦防衛設定！
如果沒異常，確認一下甲板上有沒有一隻白色的貍貓！
啊？
防衛設定檢查通過。白色貍貓…是什麼密語嗎？
貍貓啦貍貓，你不知道？就動物圖鑑裡有照片的那玩意兒啊。
好好搜尋一下嘛！
ONLINE

把靈異現象用句「不科學」一笑置之很容易。但只要受驗者不是存心騙人，我們是不是應該從心理學、大腦生理學角度研究現象、探討「自然界某種磁場或電場現象對人腦的影響」、「解析集體催眠」之類之類的可能性，這樣才是科學的思維吧？對於尚未充分檢驗的事物不繼續深究下去，只是「笑笑帶過」才不科學。就算只是當作漫畫的哏來看待也不是很好。

醫生的船要浮出海面了。
船隻與上次同樣是NMD公司於2026年提供給美國海軍的SPB第7艦。
海軍到現在還一直以為只採買了6艘而已？
我來查查，嘿嘿…
是不是應該故意激一下追蹤者來看看他的反應哩…？
啊~NMD公司的中樞電腦到現在還保留著顯示變換智能程式耶，要刪掉嗎？
那個是追蹤者警報啦，擺著別動它。

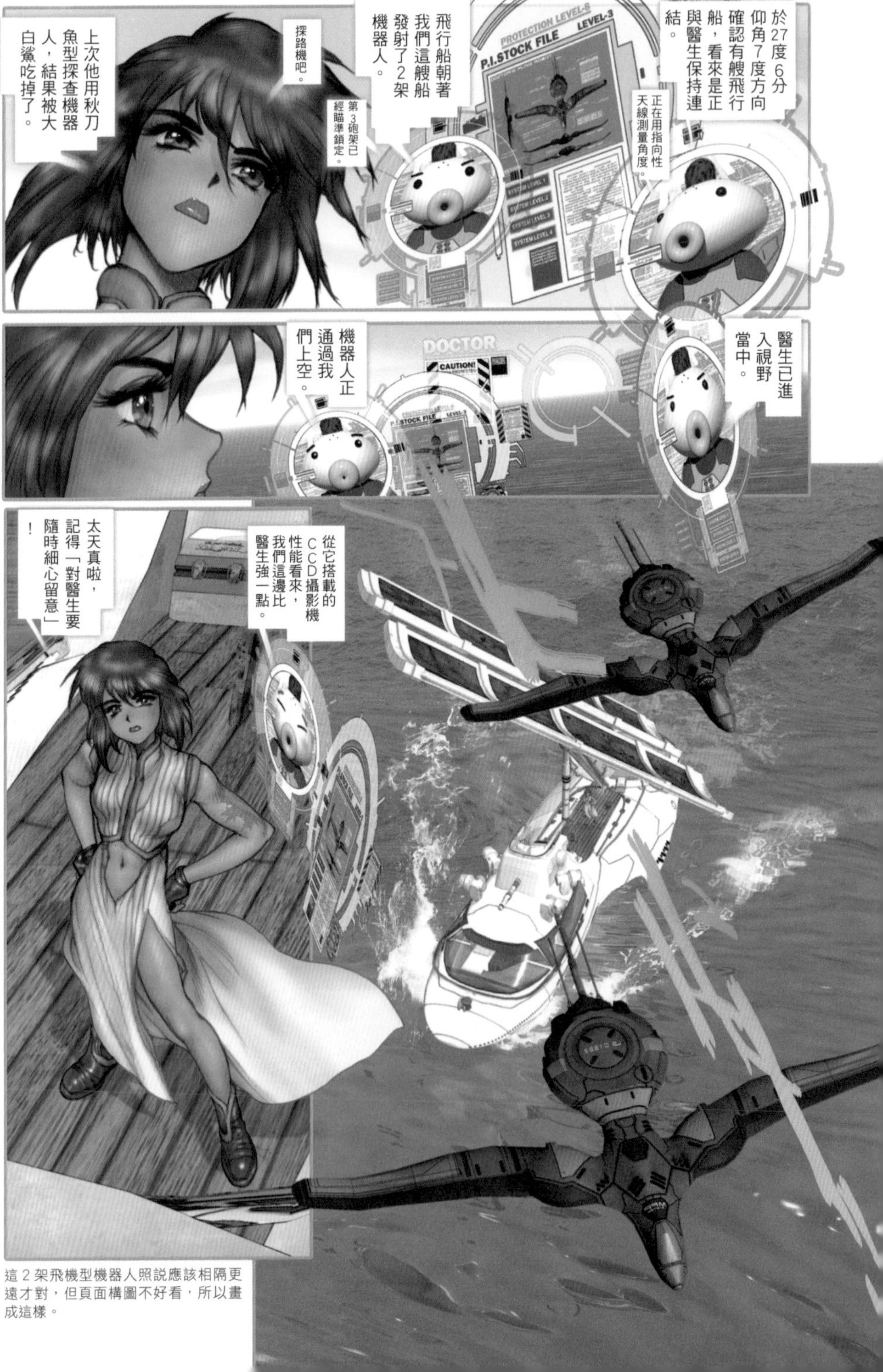

這2架飛機型機器人照説應該相隔更遠才對，但頁面構圖不好看，所以畫成這樣。

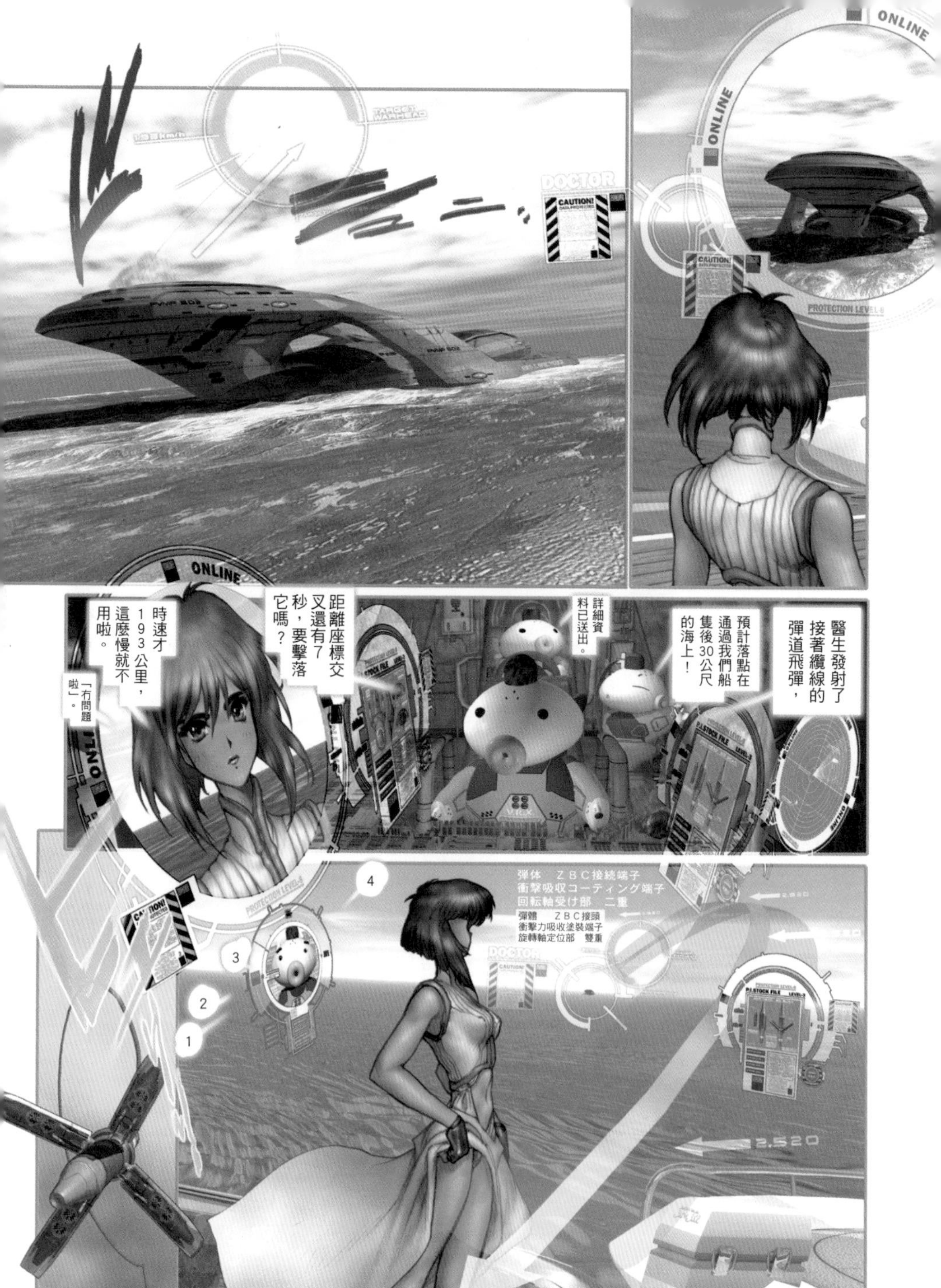
醫生發射了接著纜線的彈道飛彈，
預計落點在通過我們船隻後30公尺的海上！
詳細資料已送出。
距離座標交叉還有7秒，要擊落它嗎？
時速才193公里，這麼慢就不用啦。
「有問題啦」。
弾体　ＺＢＣ接続端子
衝撃吸収コーティング端子
回転軸受け部　二重
彈體　ＺＢＣ接頭
衝擊力吸收塗裝端子
旋轉軸定位部　雙重

這個時代的軍事船艦都是頂面眩暈迷彩（抵擋衛星＆警戒機等飛行機偵測）的半潛水艇。小型船艦往往加裝「危急時刻可以浮上水面並高速移動的水中翼」以及太陽能發電裝備，雙體船底或電磁力推進也滿常見。醫生這艘船隻上浮的狀態是為了對素子表示自己並無敵意。

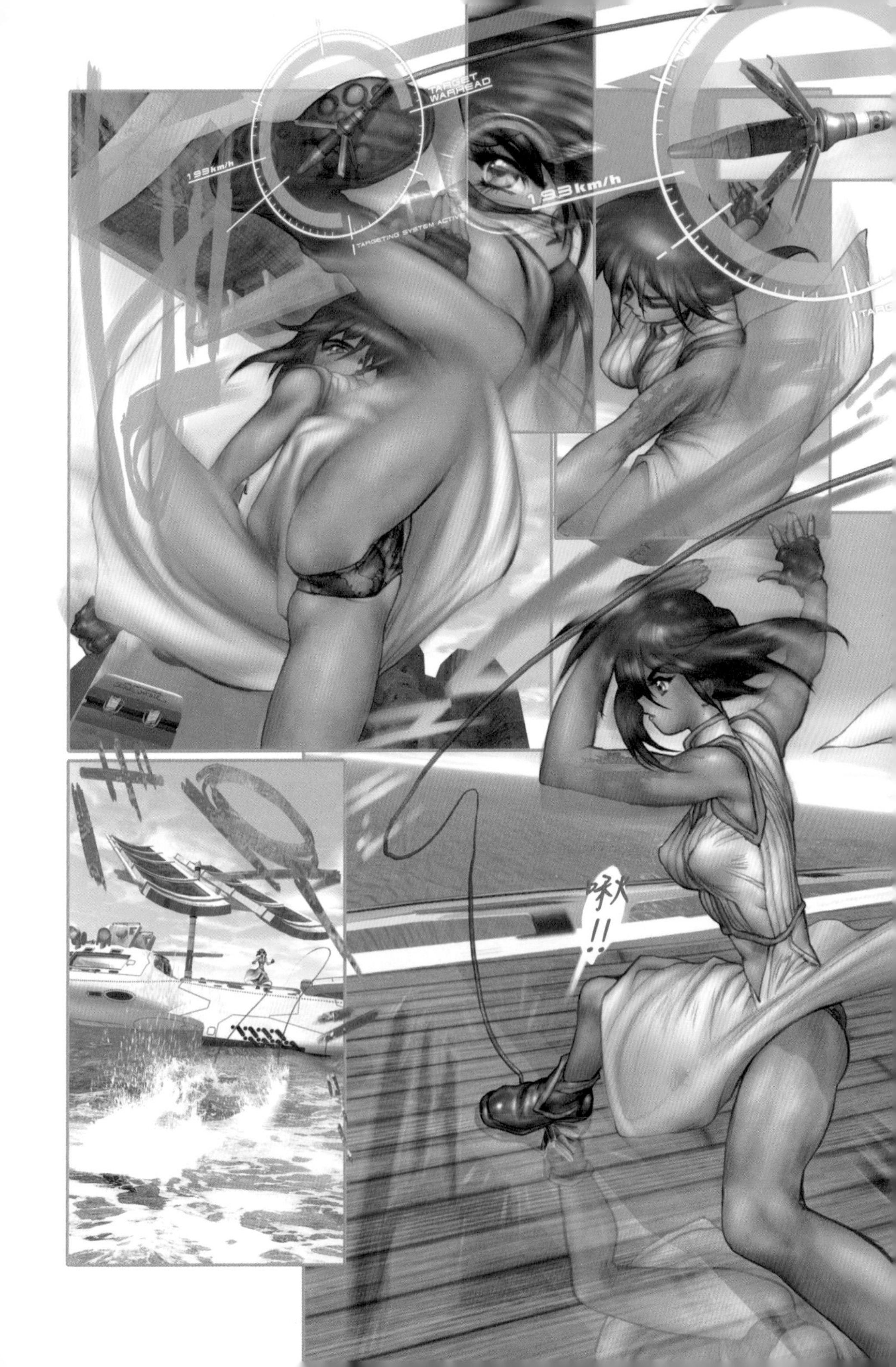
193km/h
TARGET
WARHEAD
193km/h
TARGETING SYSTEM ACTIVE
咻!!

那傢伙怎麼這麼愛有線通訊哩？
真是詭異～
雷克斯！柯南！等級8身體安全防衛！
好～
等級7掃描與記錄開始！
嗨～
歡迎光臨。

妳有沒有充分活用我的創造品呢？
啊抱歉，這問得不好。
實際應用上有沒有可參考改進的心得？
把肌肉分開來做成三連發弩弓真是不錯的作法。
一般動作的輸出曲線在中高區段也會反過來。
雖然不太滿意迷你榴彈槍被縮短了，但空間不夠也沒辦法。
這次試著做手甲用的單發微弩弓吧，榴彈芯大小減半。
裝太多這種小玩具會破壞身體的整體平衡感唷。
以你的設計功力，一定能做到不破壞平衡嘍～
想做到不必靠腳，光用手就能打下飛來的接頭？
妳用過新義體材料做的浮筒了？
在訂製的水深範圍內不會發生連環壓潰吧？

cebot：表示公分（centimeter）等級大小的機器人。
セボット…センチメートルクラスのロボットの事。

限定主義者：「非～族的人不可」、「非～人的人不可」、「非～教的人不可」、「非～派的人不可」等等，各種否定多樣性與協調性的主義分子的總稱。對自己要求嚴苛是個人的自由，但對待他人苛刻就往往會造成侵害和困擾。

我想請妳在暴動到達內戰狀態、鄰國軍隊或聯合國跨國軍隊介入之前搶先制止他們。
不用顧慮暴動本身會有什麼影響、效果，由妳任意發揮。
ONLINE
DEATH 000.012
DEATH 000.025
NAJIQ MILITARY FILE
要是不小心曝光的話，恐怕也會助長反政府勢力的氣燄唷？
這點並不怎麼重要。
那麼我也就不再過問了。
已經透過衛星確認暴動了。
DEATH 000.004
DEATH 000.015
DEATH 000.007
DEATH 000.027
阿丘、濕婆！從聯合國與美國國防部抓出資料給我，修正中繼衛星的軌道為備援狀況B，備戰狀態！
漢尼拔！啟動誘體「克拉拉II」C系統！「小素素狂戰士套組C超暴力」開著待命！
chemical
是～
提醒兩句，那些士兵不蒙面不是因為缺乏訓練，而是因為他們站在食物鏈頂點。
他們可是包含12名高等義體兵的精銳部隊。
這種忠告她不會聽的。

開始進行前我還需要至少5個小時。
唉，像這種打打殺殺的工作偶爾接接是不錯，不過…能不能多來一些更高尚、有意義又優雅的工作啊？
呃，這個嘛…
DIVE ACTIVE
WWAN UNIT
BBC UNIT
DEATH 000.008
DEATH 000.002
DEATH 000.001
ONLINE
按照慣例，補給物資我們投放在座標[redacted]，妳之後再過去撿。
對了，妳怎麼這麼愛用有線通訊？
PROTECTION LEVEL 05
SHIELD LEVEL 06
CAUTION!
DATA PROTECTED
PROTECTION LEVEL-5
蛤?!
啊…沒事…當我沒說。祝妳工作順利。
？

醫生已折返航線，向座標 [redacted] 發射疑似貨品的物體。
呃～會談中我們偵測出4件探查病毒、6件追蹤浮標，全都抵擋並記錄下來了。
再慎重探查船隻四周有沒有微機械與螯米機器人。
VIRUS ANALYZED FILE
ONLINE
馬克斯！回收並檢驗醫生的補給箱，將船隻調回原本航線！
武藏！支援馬克斯！
好～
雷克斯、柯南！準備回去了。
耶～
送完補給箱就沿著巡航路線把船開回去。
哎唷，又是一次拋出一堆指令…
武藏！將誘體M－1封箱！對四周做脈衝清掃！
UNIT M1
REMOTE OFFLINE
COUNT 00.00.58sec

誘體（decot）：誘餌（decoy）與機器人（robot）的合成詞彙，統稱各種能夠遠距離操控的義體。是戰爭時期創出來的詞彙，雖然文義不甚恰當，在這世界觀當中還是普遍被使用。

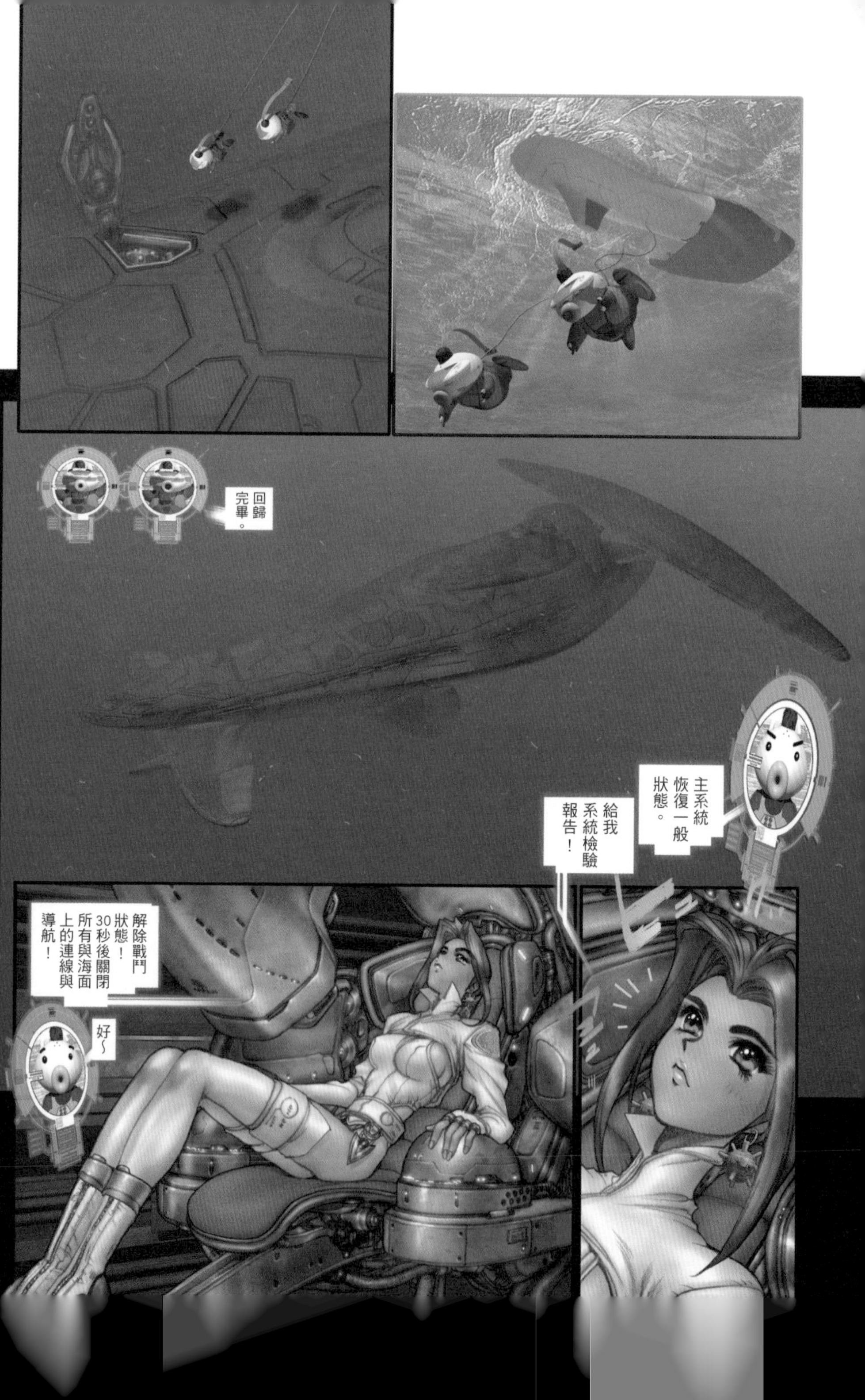
回歸完畢。
主系統恢復一般狀態。
給我系統檢驗報告！
解除戰鬥狀態！30秒後關閉所有與海面上的連線與導航！
好～

柯南！根據醫生過去加上這次的委託案，從利害關係上推測他的立場所在。
敝人甚感榮幸。
說我喜歡有線？難不成被他看到潛水艇與船隻的接線了？
祕書長葛蕾絲來電。
開晨會嘍。啊，不過這次用防衛線通訊！
檢驗完畢，準備接通。
PROTECT LEVEL 06
ACCESS DECOY X4

葛蕾絲早。
早安，荒卷部長。
今天的行程有所變更。0805要召開緊急高層會議，討論案件如下：
總公司時間0742時，在東莫那比亞Meditech公司的第二工廠發生了等級4的破壞活動。
是人類解放戰線（H.L.F.）吧？這幫人還真是歡樂呀～那有沒有發動對策程序呢？
有！完全有效發揮機能了，超棒的！
正傳送進行中資料過去，要用什麼方式在高層會議上提出呢？
就照實提出就好，風險示意圖稍微考慮一下視覺心理效應來調整表現比例。
可別調過頭，開會的全都是專家呢。
然後請Meditech旗下計畫負責人雷布里斯來參加高層會議。

0803到0900時間我要做追蹤調查。
那麼與詠春能材社的王先生的會面行程就另外改期了。
另外已經錄下雷普里阿諾先生參加的NWNN電視台的談話節目《人有百百種》，放在影視清單裡。
他發言有沒有出什麼問題？
就節目結束後所蒐集到的抱怨看來都還在容許範圍之內。相關資料都一併附在檔案夾裡了。
其實最好是在容許範圍內出點小狀況啦。
畢竟他是咱們波塞頓工業公司的宗教問題負責人呀。
師傅～我推斷不出醫生的立場，有32%的主要因素會互相矛盾…
OK。
雷克斯！30分鐘內重複潛航與脈衝清掃，之後向總公司前進。
柯南！到總公司的78區待命！
是。

人事部送來3位挖角候補名單的身家調查結果。
我會整合進愛琳組的調查結果，預計9點交件。
已經經由調查公司驗證。
今日午餐安排普蕾多尼亞的拿布拉午餐及酷斯通的蛋糕套餐，可以嗎？
只要不違反茱麗迪的宗教限制，她能夠一同用餐就ＯＫ唷～
下午我有私事要外出一趟，費爾德納與里卡多組的磁浮列車反恐調查先暫停。
優先針對中央奈吉克的哈那瓦示威失控即時轉播！
我即刻著手準備。
會議結束。
ONLINE
CAUTION!
PROTECTION LEVEL-8

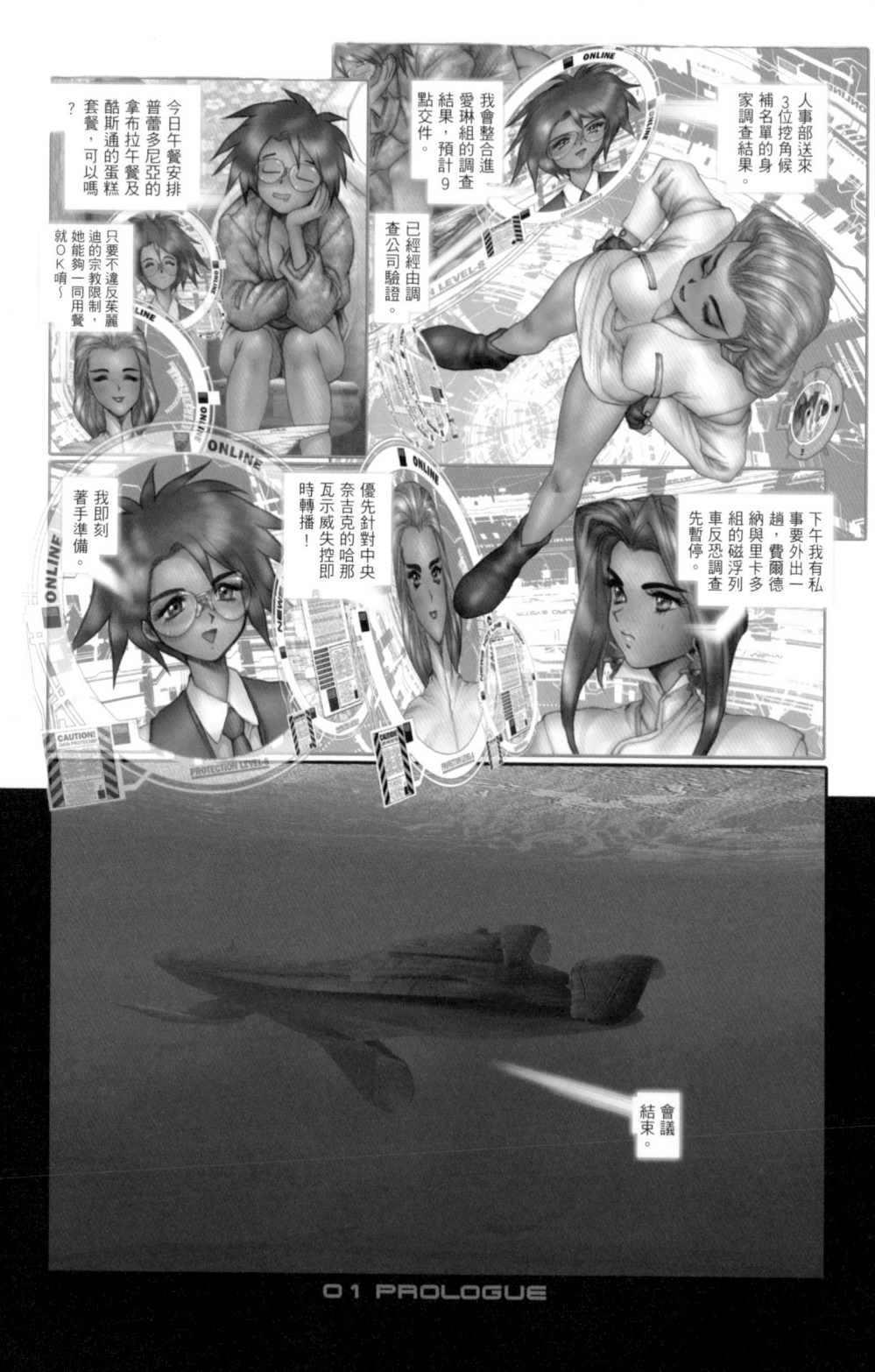

U N D E R W A T E R
MANMACHINE INTERFACE CONTROL PREFERENCES
REPORT
ONLINE
ONLINE
HUMAN MACHINE MANMACHINE MACHINEMAN
HUMAN MACHINE MANMACHINE MACHINEMAN
HUMAN MACHINE MANMACHINE MACHINEMAN
HUMAN MACHINE MANMACHINE MACHINEMAN
HUMAN MACHINE MANMACHINE MACHINEMAN
CAUTION!
PROTECTION LEVEL-8
02
2035.03.06.AM05:45

N26'04'12.2 E162'47'00.2
海上都市波塞頓管制區外　以船速 15 節需費時 11 分到達之距離的海上
嘿！
Oh My God！難道統計學也不過是一種占星術嗎?!
什麼？
師傅（master）～發現可疑船隻！詳情正蒐集當中！優秀的突擊隊員已經準備出擊了。
等一下回來可要把我修好耶～
對方…應該不會發現這艘船吧？發射通信機（antenna buoy）！靠近他們的後方待命！
TARGET CENTER X:0000M Y: -050M Z: -010M +-005M
師傅（master）～預計5分鐘後抵達78區。
素子的船配備了消音型超導衝壓引擎、肌肉驅動的輔助推進翼，對話也全都在電子腦內進行（沒有聲音），因此極度安靜。在這世界觀也同樣極少使用主動式聲納。

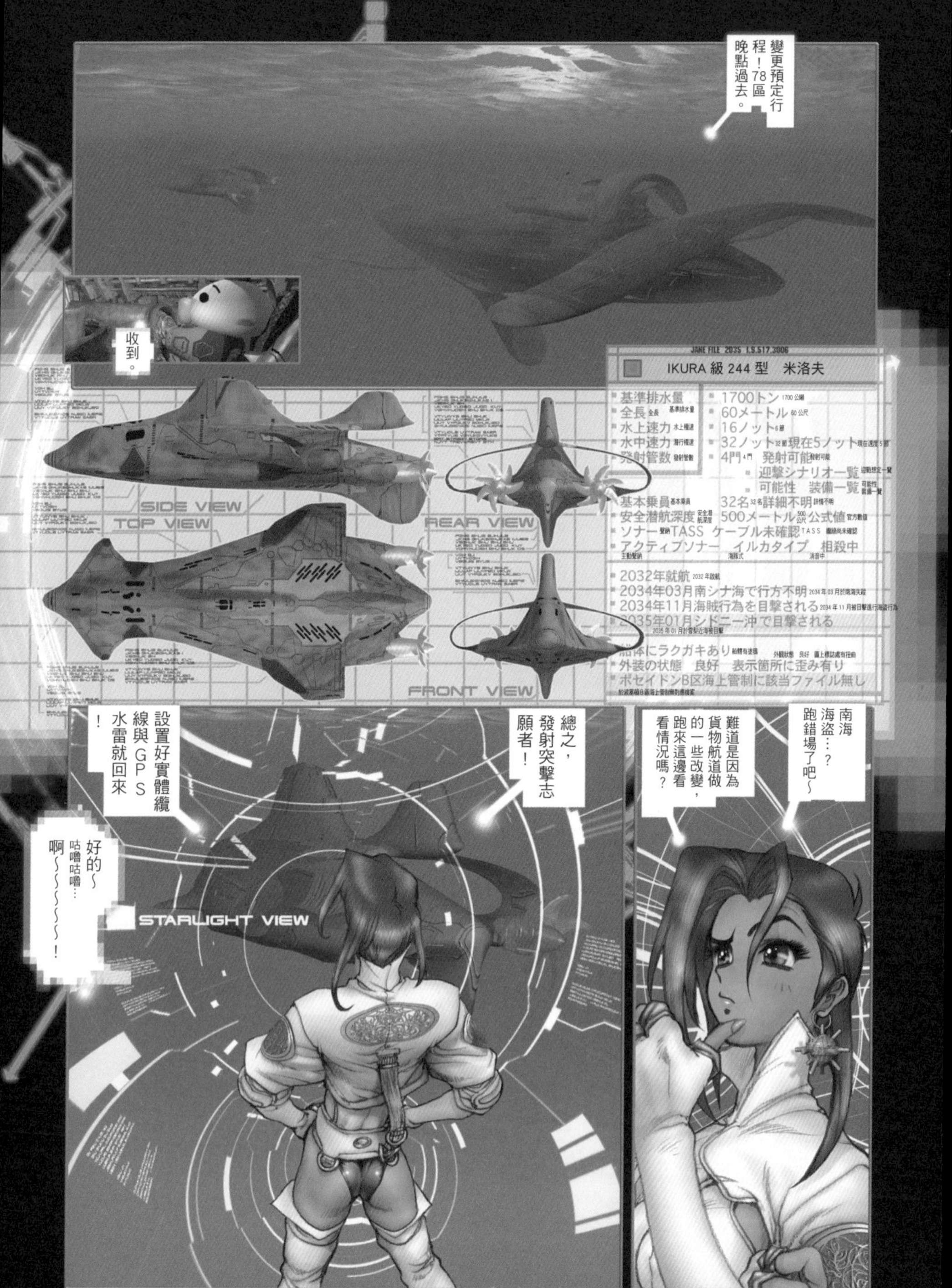
變更預定行程！78區晚點過去。
收到。
JANE FILE 2035 I.S.517.3006
IKURA級 244型 米洛夫
基準排水量 1700トン 1700公噸
全長 60メートル 60公尺
水上速力 16ノット 6節
水中速力 32ノット 32節 現在5ノット 現在速度5節
発射管数 4門 4門 発射可能 發射可能
迎撃シナリオ一覧 迎戰想定一覧
可能性 装備一覧 可能性 裝備一覽
基本乗員 32名 32名 詳細不明 詳情不明
安全潜航深度 500メートル 500公尺 公式値 官方數值
ソナー TASS ケーブル未確認 TASS 纜線尚未確認
アクティブソナー イルカタイプ 相殺中
2032年就航 2032年啟航
2034年03月南シナ海で行方不明 2034年03月於南海失蹤
2034年11月海賊行為を目撃される 2034年11月被目擊進行海盜行為
2035年01月シドニー沖で目撃される 2035年01月於雪梨近海被目擊
船体にラクガキあり 船體有塗鴉
外装の状態 良好 表示箇所に歪み有り 外觀狀態 良好 畫上標誌處有扭曲
ポセイドンB区海上管制に該当ファイル無し 於波塞頓B區海上管制無相關檔案
SIDE VIEW
TOP VIEW
REAR VIEW
FRONT VIEW
南海海盜…？跑錯場了吧～
難道是因為貨物航道做的一些改變，跑來這邊看看情況嗎？
總之，發射突擊志願者！
設置好實體纜線與GPS水雷就回來！
好的～咕嚕咕嚕…啊～～～～～～！
STARLIGHT VIEW

近期的魚雷已經可以自力游出去而不產生氣泡與發射聲響。在此是使用推進引擎的水流來增加初速，也就是說，這個發射管也兼任船艦的前方姿態控制噴嘴。另外這兩艘艦艇都沒有使用氣泡消音幕，因為我覺得畫起來不好看。

ＶＬＦ：特低頻（Very Low Frequency）

我是為了搞笑才把素子潛艦派出的突擊隊員畫成它們原本的模樣，實際上按照我的歪理，應該要遙控「利用原理近似頭足綱動物肌肉的脈衝噴射推進方式的流線型水下作業ＲＯＶ」才對。不然要從一台航行中的潛水艇出發而追上另一台潛水艇，就算是機器人也很難游到這麼快吧…更別說還套個救生圈…。說不定也可以畫成外表半透明的烏賊狀ＲＯＶ，大家可以看到裡面的突擊隊員…哎呀這樣玩過頭了？

註：纜線鬆弛的樣子（是我意圖）表示船隻正在減速中。提醒一下，銜接海盜潛水艇與素子的潛水艇的纜線是用來進行駭客行動，

南方12度700公尺外正在進行浮筒更換工程。
告知他們「瓦斯外洩、緊急避難」。
名單比對進行中，處理效率50％，有3位標定困難、1位不明。
抗病毒防壁與其他障礙物均無反應。
等比對完就把這份檔案傳送給波塞頓的保安部，記得要匿名唷。
好～
先不要送出潛水艇的消息！
咦？你在幹嘛?!
喂！啊！難道!!
唉呀～太衰了。
早知道就潛更進去了。
而且這傢伙的身體根本毫無防備…

!
呵！
啪！
我不知道你是誰，把我夥伴的手給搞斷，
也是沒用的啦。
喔！
啵
解除連結！急速迴轉，以最高動力脫離！
注入完了
病毒注射紀錄檔
注射完畢
無重大故障發生
發射2組攻性(active)誘餌(decoy)！做好衝擊準備！

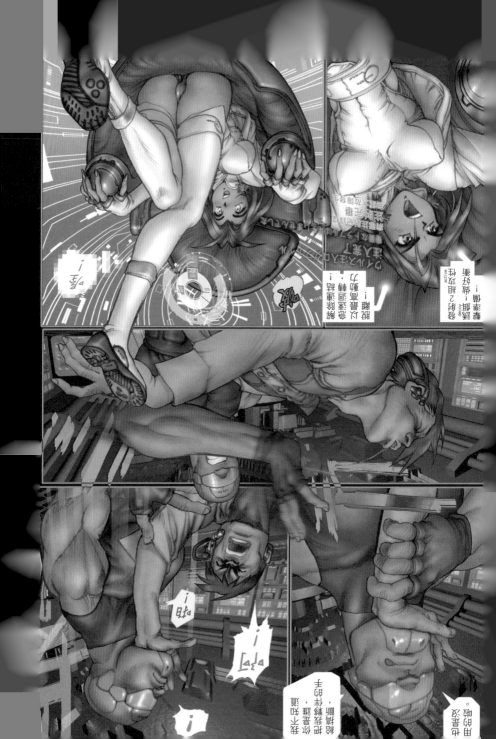

註：原本素子其實沒有摀住耳朵的必要，只要控制軟體將聽覺關閉即可。但是另一方面這樣保護住耳內鼓膜也是好事。她應該不會希望中斷與被動式聲納的連結，因為重新連結時會讓駭客有機可乘，利用聲響入侵。

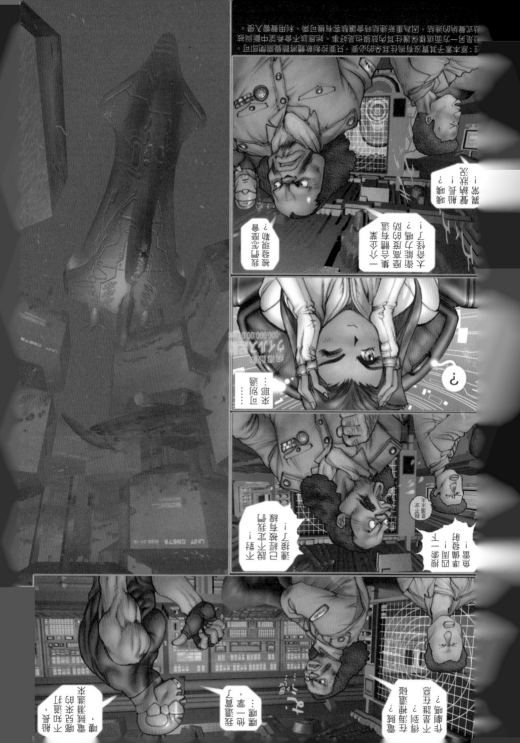

暫停脫離，船艦迴轉，將浮筒當作防護盾！
是的！船長！
將2台攻性誘餌（active decoy）吸附在魚雷發射口20公分前！與水雷一同開保險！
已啟動爆破水雷，保險裝置解除！在可引爆狀態下待命！
註：誘餌與水雷都是以「聲音」對其下指令
全員待命！
各、各種偵測器全都亂成一團，到底是怎麼…
系統全都自己關掉了！
切換成手動模式！
不要亂碰電子儀器！

預備電源…！怎麼回事？嘿！
可惡！這纜線快把它切斷！
喂！搞屁啊！
監視小組！根據詞句搜尋來評判目標艦內的處置狀態。
呃～現在是在D型態的12到13等級之間。
工程吵成一團比我們還遜腳
將通信機升到海面上，向保安部發出緊急通報！
咦！可是如果以後他們強化巡視管制的話我們不就慘了…？
你是想把他們殺光嗎…
嗚哇～我受不了啦！
那沒什麼好怕的啦。
啊～完蛋啦～
啊！哪個傢伙自己落跑啦?!

可惡！到底是怎麼回事！不能就這樣白白沉掉！
瑪格麗特！切奇莉亞！以2號程式啟動！
是～
請稍待唷。
手動解除所有魚雷的保險裝置！將魚雷全部朝向四周發射出去！
請定義「四周」的範圍。
要自動設定嗎？
不要打到逃生艇唷！將識別機能打開！
好喔～加油！

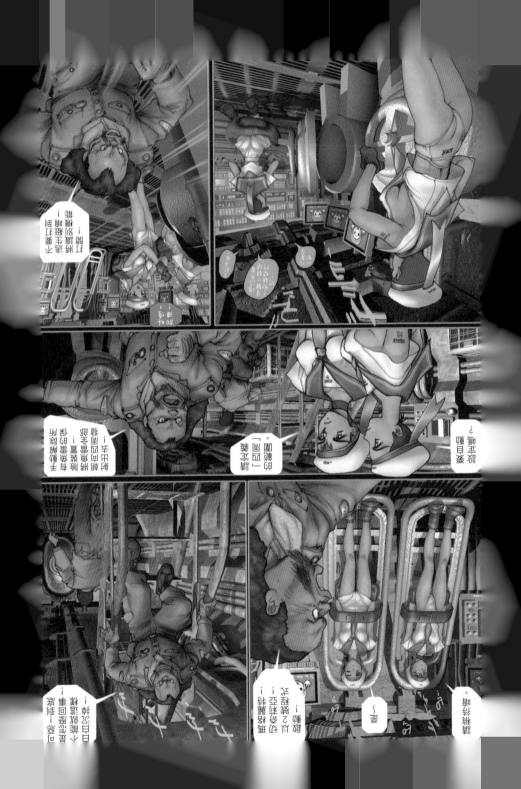

「為防萬一」指的是防備ＧＰＳ水雷運作不良的情況。

救命啊～！
怎麼回事?! 我們是不是逃到不該去的地方了?!
在保安部到場前以最短航程移動至78區！
脱出艇の内３艘は衝撃で破損又は破壊され
浸水している模様。
当艦の歪みは設定許容量以内：詳細を参照しますか？
逃生艇有３艘受到衝擊而破損或破壞
疑似進水中。
出發！
「出發」讓我喊！讓我喊！
你不要亂喊啦～
P.M.12:46 MOTOKO'S OFFICE
數小時之後，素子從得手的海盜日誌當中發現了寶物，是以拉瀚波博士署名的小小檔案。
這啥玩意兒？外星人的哲學書嗎??
雖然也可以選擇流放到公開網路上，但素子總覺得哪裡不對勁，便擱置了這項考量。
她想說有時間再來逐步解決，便把檔案封存在硬電子腦的角落，忙其他雜事去了。

CIRCUITWEAPON
02
SYSTEM K-18HS
CAUTION!
SYSTEM
2035.03.06.AM08:12

MEDITECH BHEREL
公司總部，探測器傳送影像過去了。看的到嗎？
SAFETY FIRST !
DO NOT ENTER
MEDITECH BHEREL
CAUTION!!
視訊良好，請繼續。
東莫那比亞共和國
波塞頓工業集團
複製器官託育企業 Meditech 公司

Meditech 的顧客將自己獨有的基因交給公司並訂購豬隻，公司則負責將顧客的基因置入豬隻並養大。如此豬隻體內便培育出具備顧客訂製的特定器官備品，凡是出現移植需求時便可使用。雖然受到部分宗教人士與動物保護人士譴責，但是公司的社會認知度與企業業績仍持續上升中。

雖然也有不使用豬隻的高級器官製作技術，但波塞頓工業是依據顧客身上採樣的細胞來做培養，這樣採用顧客健康、年輕時採樣的基因，是安全性較高的作法。雖然其實還會有生理時鐘的問題，在此就姑且忽略它了，請見諒。

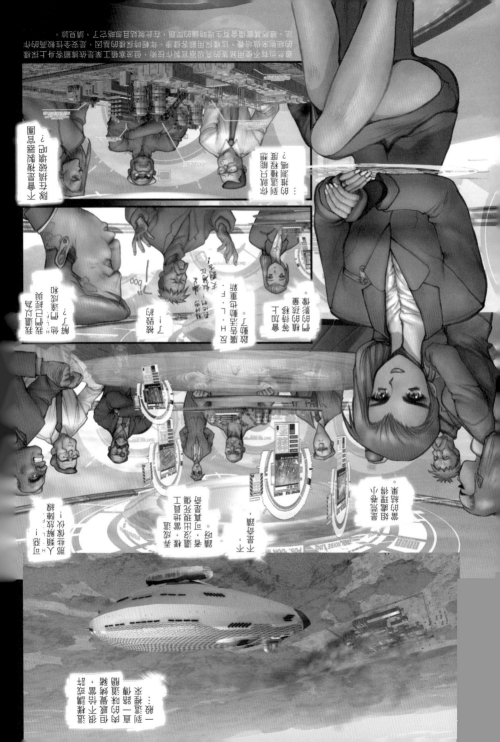

當地警察應該會在大約6小時之後到達，設施的後續處理將於下次會面決定。
在此之前是否有需要討論的地方？
我提議將Meditech移至現在正於印度洋上建造中的海上都市「佩格索斯」的用途未定區域，需要各位討論。
這次提出的版本細節與過去稍有不同，還請留意。
GATEKEEPER
REPORT
LEVEL 018 V.T.F.
REPORT FILE ONLINE
是不是應該替換掉現在的主任雷布里斯？
CHECK THIS!
有了這次經驗，他應該會成為具備高度反恐意識的人士吧。
而且除去安全保障方面不算，他仍是極為優秀的人才，我認為不需要替換主任。

太天真了…妳把責任當作什麼東西了？
在不可能彌補損害復原現狀的情況時，究責是沒有意義的。
當然帶著惡意的話又是另一回事。
黐也不貴…
POSEIDON INDUSTRIAL CO.LTD
LOW NOISE LINE
怎樣一回事？
到時你就知道了。
如果沒有其他動議，下次會面將於三十分鐘後進行。
解散。
荒卷，東莫那比亞共和國的負責團隊在等我們了。
我會晚五分鐘到。
是想要我感謝妳嗎？
我是覺得你和佩格索斯的賓查旺主任應該滿投緣的啦。
有什麼不滿的話先跟我祕書說吧…有急事先走一步。

粗藍框框起來的台詞表示強制認知訊號，應該是緊急應變措施，之後再做正式的處理。

如果倉庫裡的分析器還能用的話就先調查一下採樣檢體！不行的話再回收。
不過看來應該是當地軍方流出的武器。
有沒有可能回收那隻被接線的豬的部分大腦？
靠現有的釐米機器人沒辦法打開頭蓋骨吧……
我先找找有沒有大腦爆出來的其他豬隻好了，雖然不一定有用。
好吧，交給你。
剎
雖然避難時已經消除過一次資訊，我要在當地警察衝進來掠奪前用衛星轟炸把這裡全部粉碎。
轟炸時間我傳過去了，要安全撤退唷。
排泄物處理大樓等對周遭環境的污染問題呢？
參照建設企畫時的考察報告ECO-0187，還在容許範圍內唷。
了解。
完畢。

看來H・L・F・那些傢伙，沒有碰我留給他們的「機關」呢。
所以他們襲擊的目的不是掠奪而是破壞嘍？
ONLINE
CAUTION!
REPORT
LEVEL 088
我們從回收的監視攝影機影像標定出疑似指揮官的人士嘍～
吆！做得不錯唷～
那個啊～如果幫我們加記憶體的話還可以做得更好唷……
下週末開展的電子腦大展有賣13萬8980圓的…
還在忙，改天再說。
引信接頭是環狀與平行式的混合體啊…從豬隻的「切口」…
討賞嘍？
是呀。
這是指揮官嘍？還看著監視攝影機，哼…
是讚賞我們的應對嗎？也沒破壞影像，在挑釁我們嘍？
PORT FILE
000.000.000.052
FILE-0081
SYSTEM LEVEL 1
SYSTEM LEVEL 2
SYSTEM LEVEL 3
SYSTEM LEVEL 4

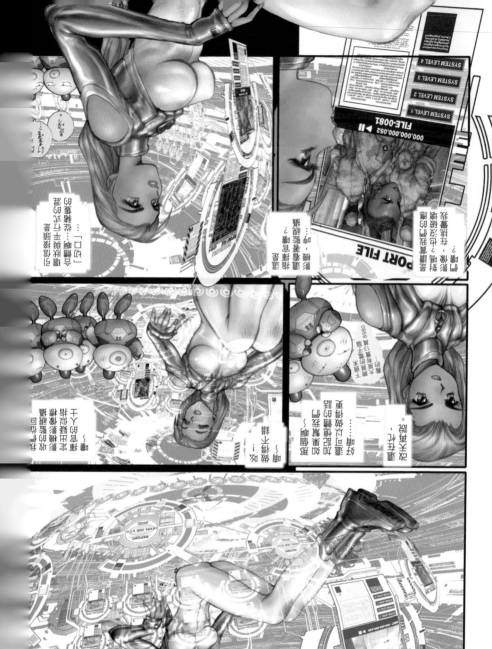

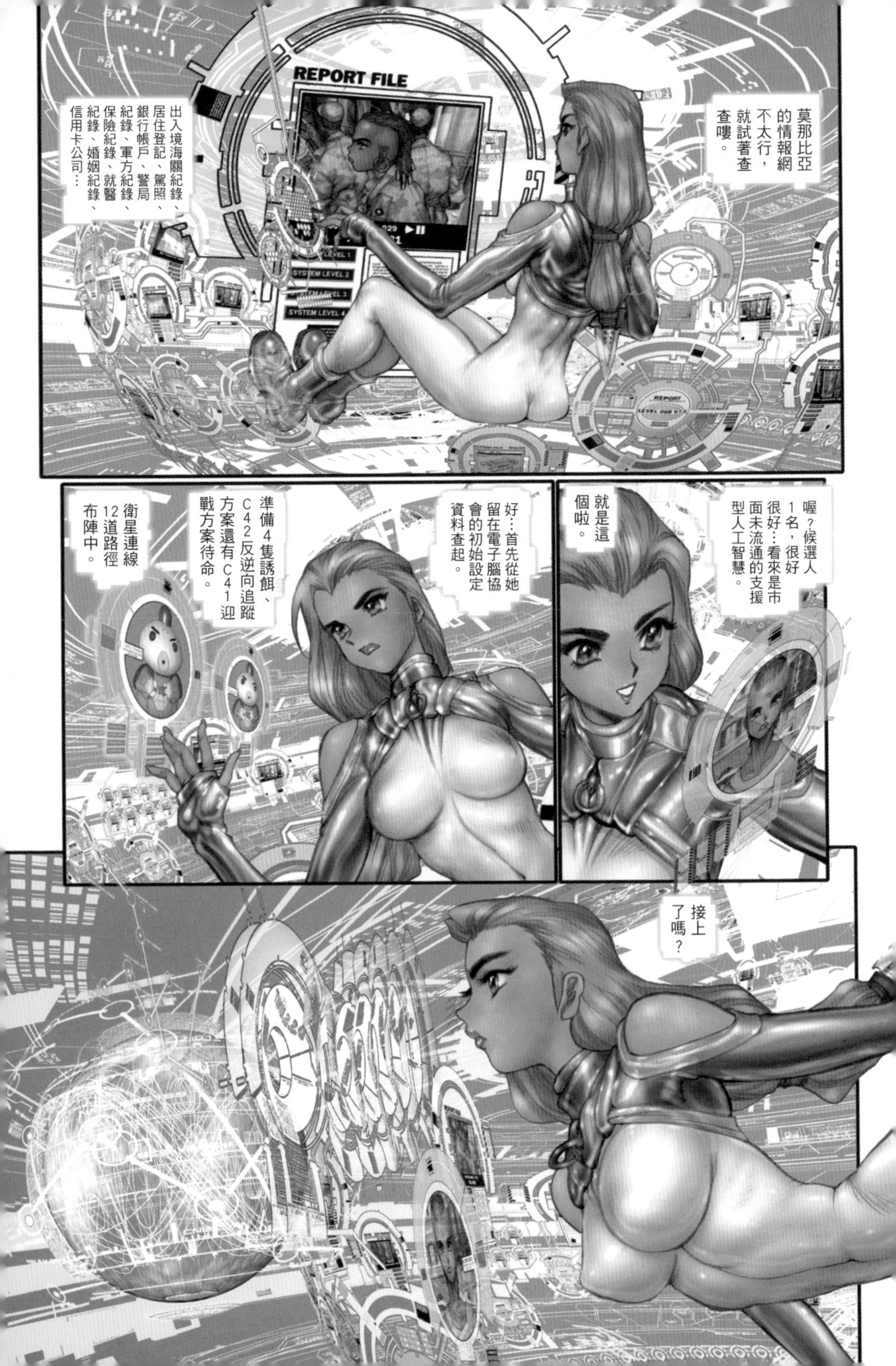

REPORT FILE
莫那比亞的情報網不太行，就試著查查嘍。
出入境海關紀錄、居住登記、駕照、銀行帳戶、警局紀錄、軍方紀錄、保險紀錄、就醫紀錄、婚姻紀錄、信用卡公司…
SYSTEM LEVEL 1
SYSTEM LEVEL 2
SYSTEM LEVEL 4
喔？候選人1名，很好很好…看來是市面未流通的支援型人工智慧。
就是這個啦。
好…首先從她留在電子腦協會的初始設定資料查起。
準備4隻誘餌、C42反逆向追蹤方案還有C41迎戰方案待命。
衛星連線12道路徑布陣中。
接上了嗎？

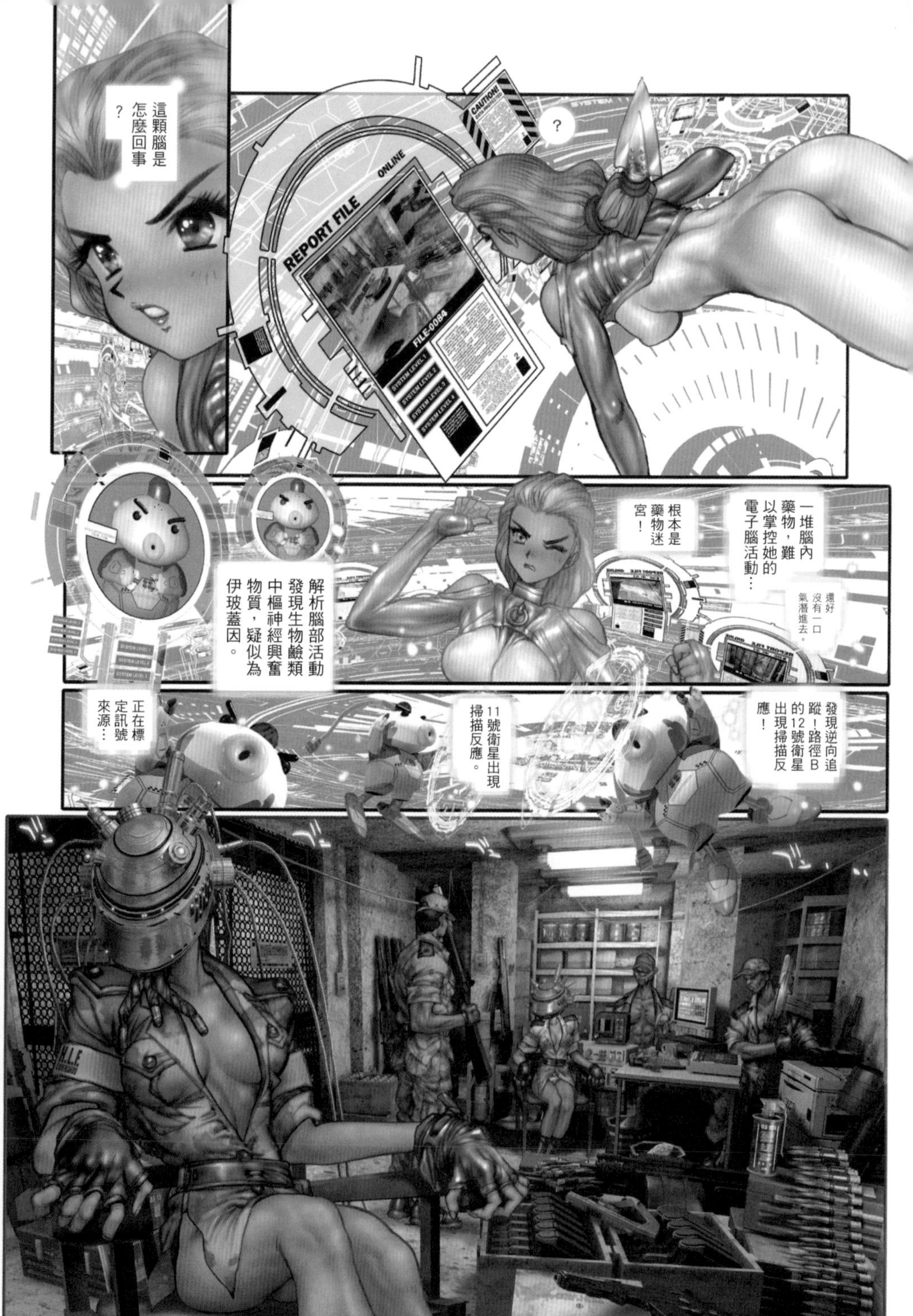

伊玻蓋因（ibogaine）：一種從非洲植物「伊玻加」根部萃取出來的物質，會使人產生幻覺。對於電子腦對戰來說也不是什麼特別有效的奇計，但或許在當地不難取得。

7號衛星出現掃描反應，切換至路徑C。
確認標的座標。
路徑C的12號衛星出現掃描反應！
以自動執行而言真是迅速！在路徑C的6號衛星設下迷宮拖延時間！
她沒有裝抑制機制嗎？…唉唷！
已貫通所有防壁！正在將病毒注入最深層…
用4號誘餌複製她的外圍記憶！
撤退！抹除所有與敵方硬體接觸的痕跡！
發現藥物投注量增大，噫～
這種腦部狀態怎麼還能做逆向追蹤…？
是不是應該查查組織名單什麼的移到其他人的腦袋哩？
?!
路徑C的8號衛星出現掃描反應！

實體空間不會真的浮著一個這樣的資料碟，是素子的眼（腦）「看到如此」。素子的嘴唇一直沒有動作，是因為這些對話都是發生在電子腦當中。敵人駭入公司總部上空衛星的時機過早（應該要趁她被捲入腦內藥物失控時才進行），但這也是因為素子的腦內藥物對策效率超出敵方預期的緣故。

指揮官的過去記憶檔案之所以會像是紀念照一般，是因為那是將寫入硬電子腦的記憶，依照各個記憶單位讀取出標題與預覽的緣故。

祕書這端的影像看起來像是即時連線(online)，但實際上是從桌上的獨立電腦接到素子部下內部的獨立機台，並非與素子即時連線。素子的部下是間接看著這影像，再透過電子腦傳達給素子。

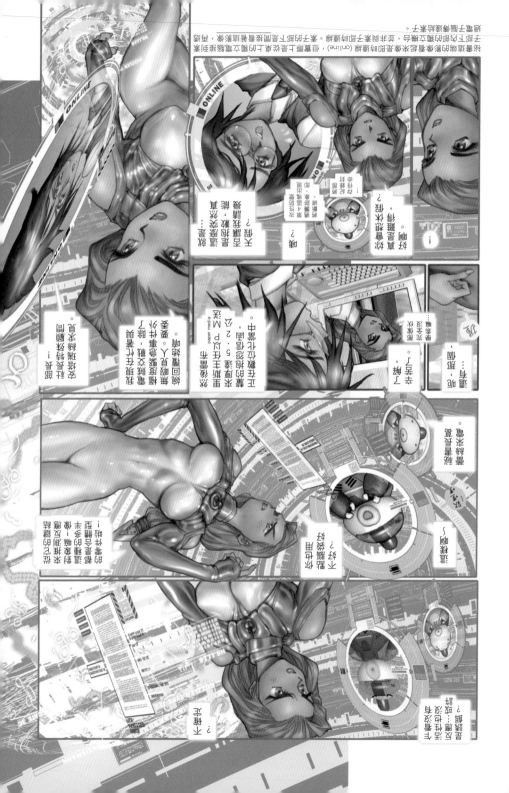

ROV：遙控載具（Remotely Operated Vehicle）的縮寫。通常會繫上控制纜線。

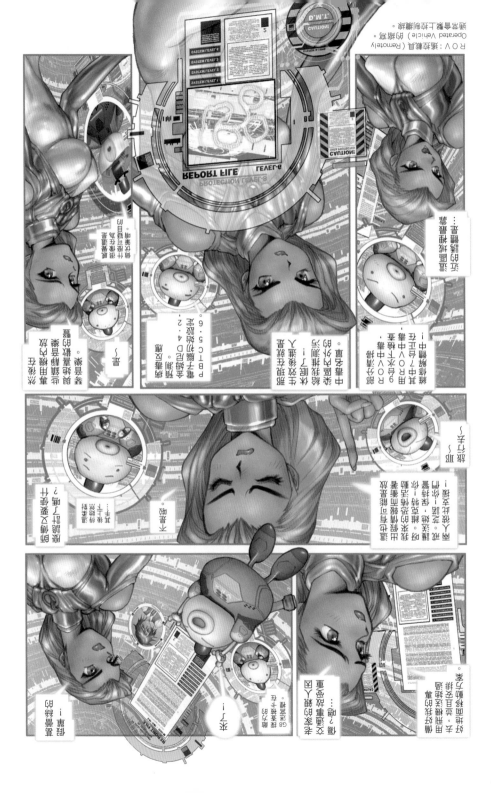

通報保安部有電子災害，要捕捉檢查用ROV！
好～
以B系統啟動誘體「克拉麗絲M」。
第4區塊所有亞種已經布置到防衛線上。
啟動第1至第4區塊的4套抗體，在第6區塊設置潛伏合體型病毒！
將那裡設為防衛線！
咦？第4區塊不是正在襲擊中嗎？
傻唷～別笑死人嘍。
那已經布置的那堆要回收嗎？
不用不用，就這樣擺著繼續唬弄對方。

潛伏合體型病毒：一旦對手為了中和／壓制攻性防壁而使用抗體，這種病毒就會把抗體當作零件而與之合體並啟動。單體存在時沒有害處，通常非常微小，也只做最低限度的繁殖，因此更精準地說，它更像是病毒化程式而不是病毒。

一般要在市區地帶的屋頂上移動時，不會走到容易被發現的大樓邊緣上。波塞頓的建築物乍看像石頭打造但其實是特殊塑膠，所以她是怕破壞建築物才小心地跑在邊緣上（如果踏陷了抽腳又會損失時間，何況這時被看到其實也不會怎樣）。不過飛奔時還是會留意來自衛星的監控。

克拉麗絲是誘體，比起運用鈦、碳系材料的素子義體來說輕巧許多，但還是比人體沉重不少，因此不適合跳水。素子後悔她沒有採取接觸面積最廣的大字型落水法。

現在要取得最大移動速度，應該要先拋棄阻力大的衣服。
駁回！
沿著管線游過去是最快的方案。
若忽略Y軸的話，在地面上移動最快速。
幾分鐘後可追上？
這看來是朝著生物區過去嘍。
直線行徑需要7分，由於目標物的路程選擇與軌道差異不明，會有2分鐘的誤差。
與通訊有線網的實體地圖連線。
對生物區發出資訊避難警報！
ONLINE
ZOOM
CAUTION!
敵人是因為資訊防壁太堅固，打算用實體穿過去？
認為公司防禦外強中乾？不會吧？
但看來的確是充分調查過才來的呀。
ONLINE
ONLINE
ONLINE
P.I.STOCK FILE
LEVEL-3
CAUTION!

遙控用人體終端機其實真的沒有必要穿內褲，大家就當做是素子的習慣吧。

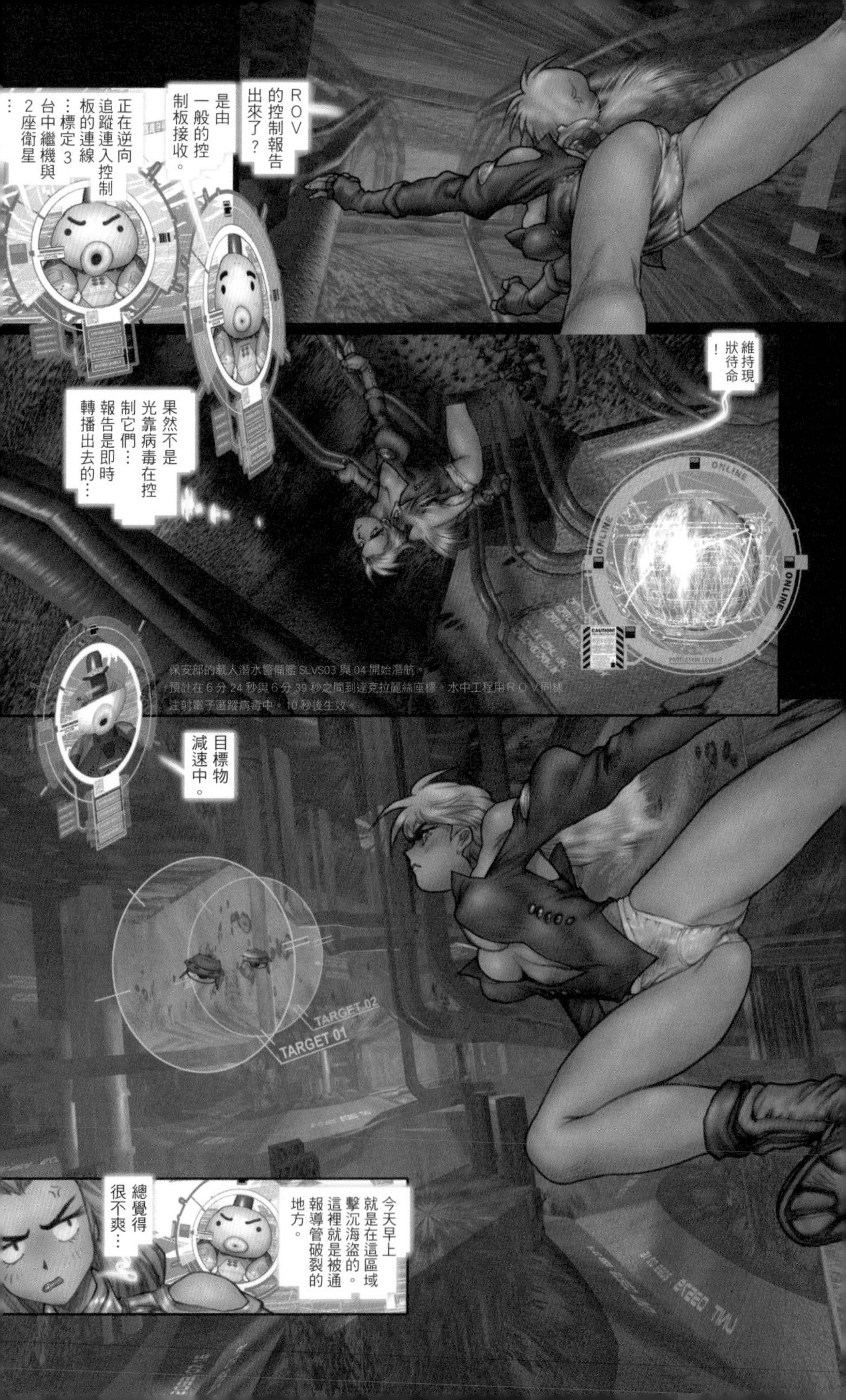
ROV的控制報告出來了？
是由一般的控制板接收。
正在逆向追蹤連入控制板的連線…標定3台中繼機與2座衛星…
維持現狀待命！
果然不是光靠病毒在控制它們…報告是即時轉播出去的…
保安部的載人潛水警備艦SLVS03與04開始潛航。
預計在6分24秒與6分39秒之間到達克拉麗絲座標。水中工程用ROV同樣注射電子匿蹤病毒中。10秒後生效。
ONLINE
CAUTION!
PROTECTION LEVEL-0
目標物減速中。
TARGET 02
TARGET 01
今天早上就是在這區域擊沉海盜的。這裡就是被通報導管破裂的地方。
總覺得很不爽…

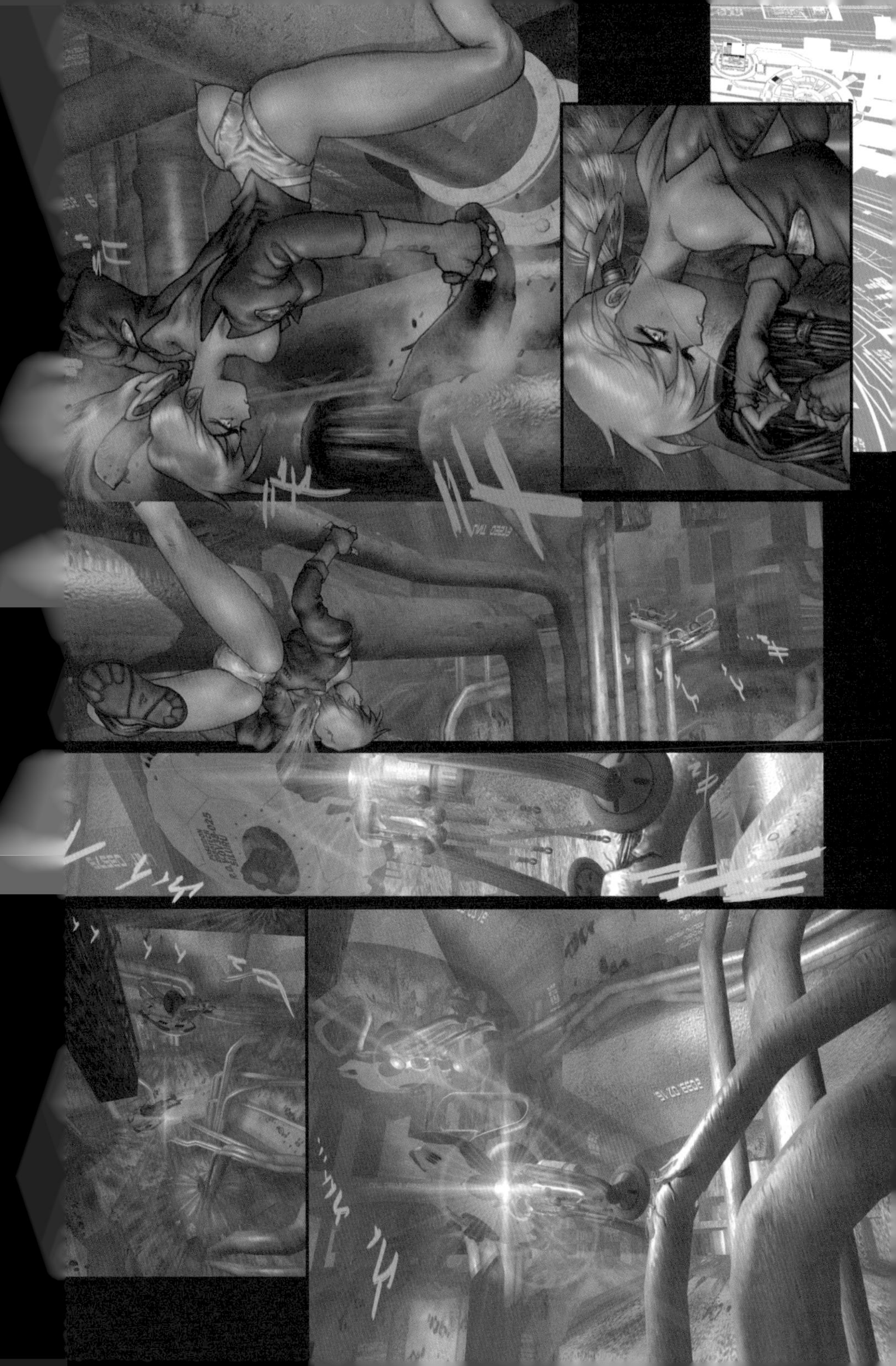

精準逆向追蹤只能追到中繼衛星而已，訊號涵蓋地區可能稍有誤差。
加貝爾與莫那比亞的邊界地帶也在範圍內。
底下應該還有一台中繼機吧？
準備病毒「潘朵拉9」與「垃圾桶炸彈」。
TRASH BOX BOMB
CAUTION! D.M.T.
CAUTION! D.M.T.
將兩個病毒切碎然後破壞標頭，混進ROV的報告中！
因為硬體距離接近，對方也難以檢驗出時間差。
只要病毒與讀取錯誤的報告合體，就算他們丟掉不讀也會照樣啟動，中鏢機率極高呢。
要是有感染實效就賺到啦。
INTERVENTION ACTIVATOR ON
DECOY LINE
如果沒有實效，原本不會啟動的擊中報告應該就會被夾帶回來才對。
要是什麼都沒有就只能查到這裡了…之後就檢驗一下病毒、讓保安部回收ROV就結束了。
ONLINE
ウイルス
ゴミ箱爆弾
パンドラ9C09
分解 破損
注入中
ROV釋放的病毒應該是擊中了…
咦？
ぐも～
可惡啊～
不是要他們去避難嗎?!雷布里斯這傢伙～！
制裁？
制裁？
ウイルス注入 終了
重要なトラブルは発生しませんでした

劫眼：任意選出波塞頓內 100 名電子腦勞工，偷偷攔截其視聽覺來蒐集情報的系統。凡是在波塞頓進行電腦化手術，初始設定、甚至硬體本身都已包含了素子的存取後門。這是素子從設計階段就自行加入的東西（她就是為此才進入這裡），受到電子腦倫理法掩護，被發現的機率趨近於零。如果要截的是個別的或新生產的電子腦，更是低成本又低風險。當然這都是犯罪行為。

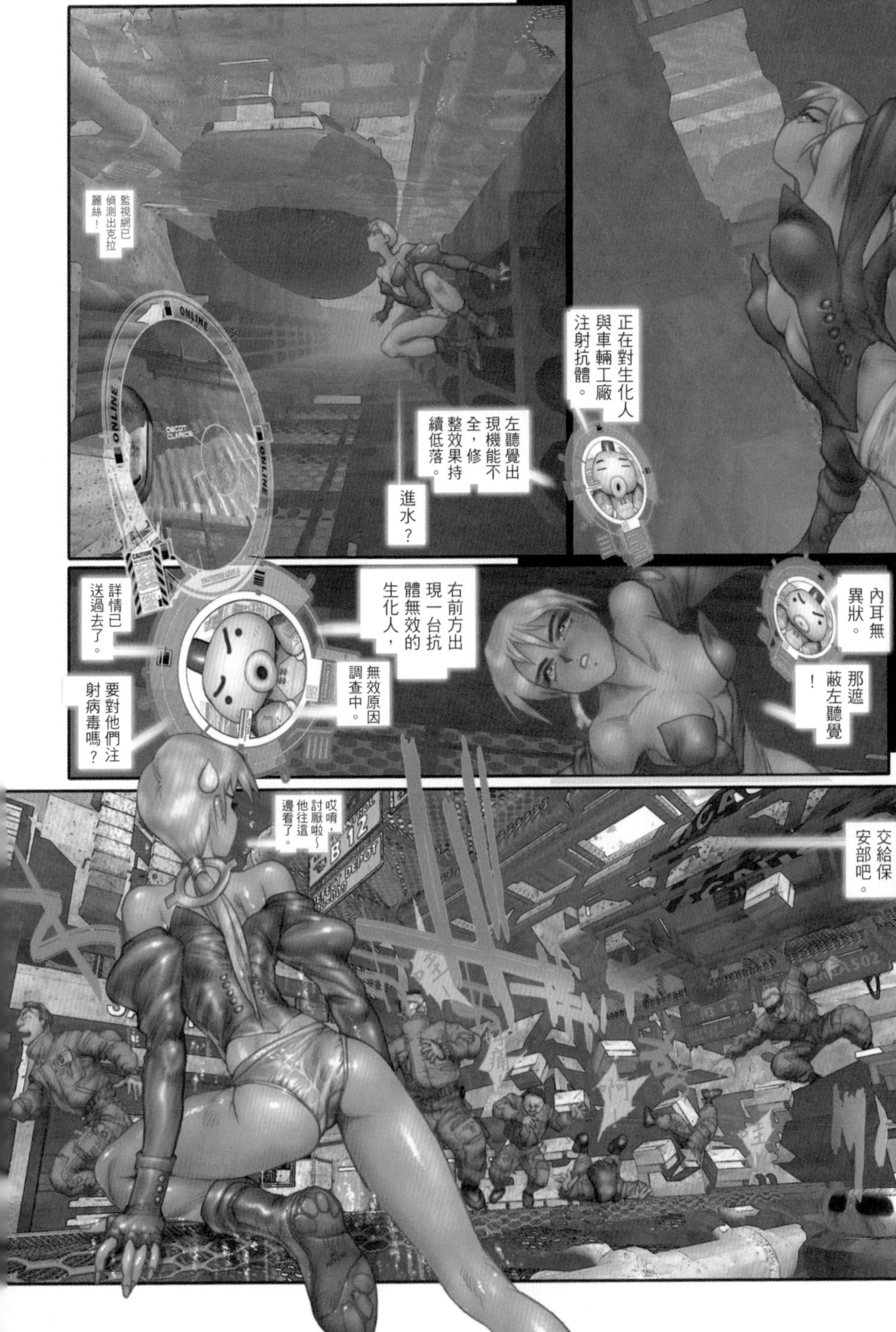
正在對生化人與車輛工廠注射抗體。
左聽覺出現機能不全，修整效果持續低落。
進水？
監視網已偵測出克拉麗絲！
內耳無異狀。
那遮蔽左聽覺！
右前方出現一台抗體無效的生化人，
無效原因調查中。
詳情已送過去了。
要對他們注射病毒嗎？
交給保安部吧。
哎唷，討厭啦～他往這邊看了。
ONLINE
B 12
DEPOT

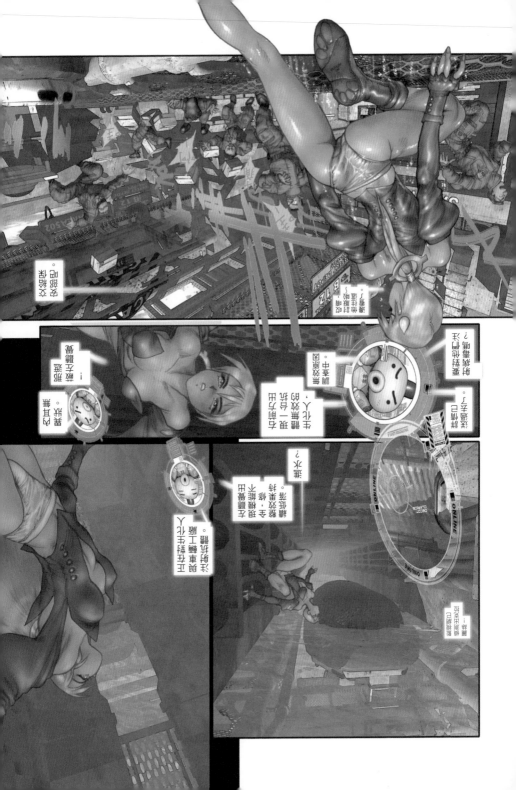

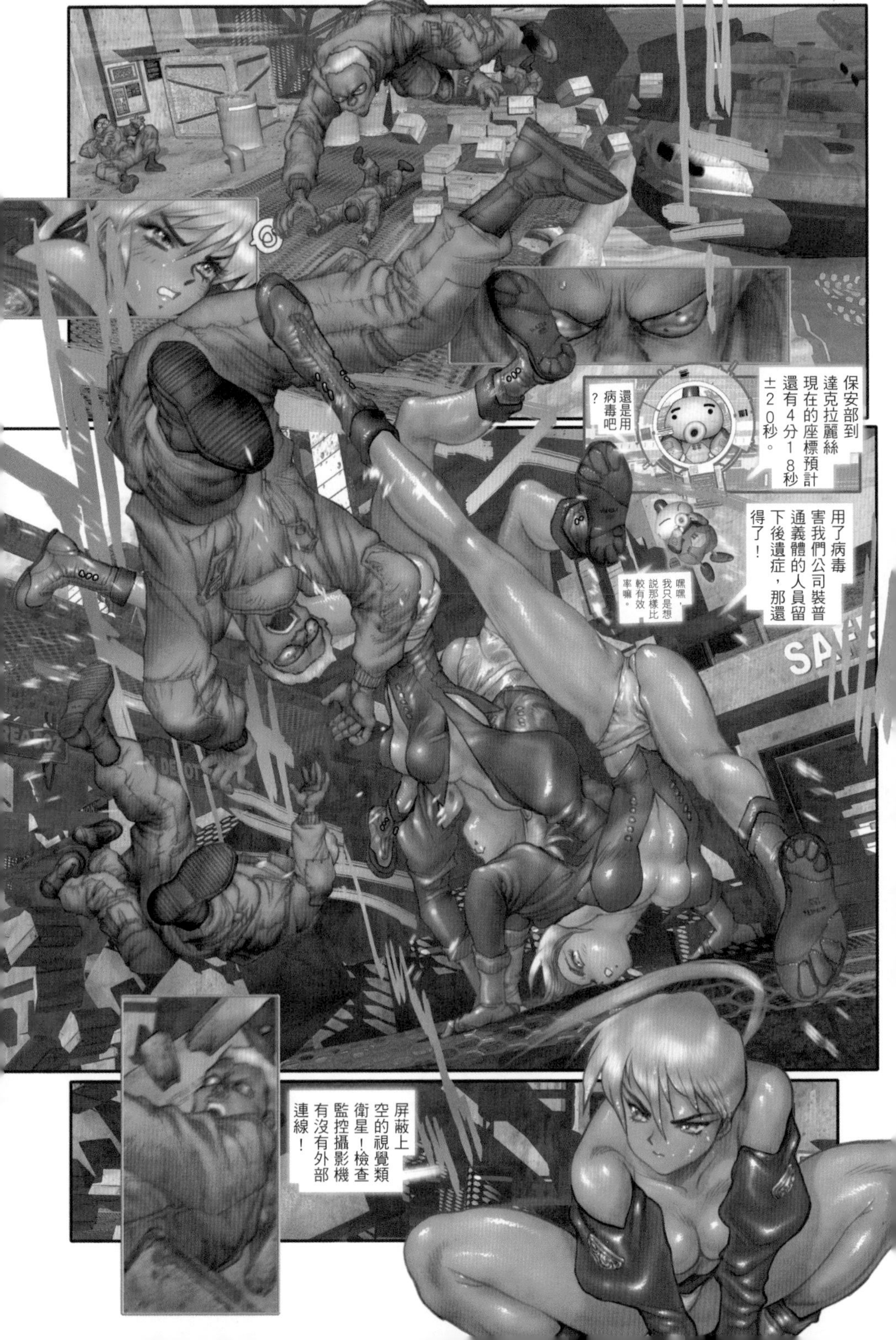
保安部到達克拉麗絲現在的座標預計還有4分18秒±20秒。
還是用病毒吧？
用了病毒害我們公司裝普通義體的人員留下後遺症，那還得了！
嘿嘿，我只是想說那樣比較有效率嘛。
屏蔽上空的視覺類衛星！檢查監控攝影機有沒有外部連線！

叩
TARGETING SYSTEM ACTIVE
鏗!!
TARGETING SYSTEM ACTIVE
ONLINE
TYPE 001.028.DHD
ACTIVE DEVICE CODE 044
REF LEVEL 03.C
MO.P 060%
IN MODE G.VER.2.6 E
ONLINE
PROJECTION LEVEL 8

MAIN CONTROL
B 12
DEFECT DEPOT
CAUTION!!
T-013 DEPOT
T-013 DEPOT

嗚！
CONTACT 00.00.02.5 SEC
SAFETY
DEFECT
006-009

哎唷不好，玩過火了？

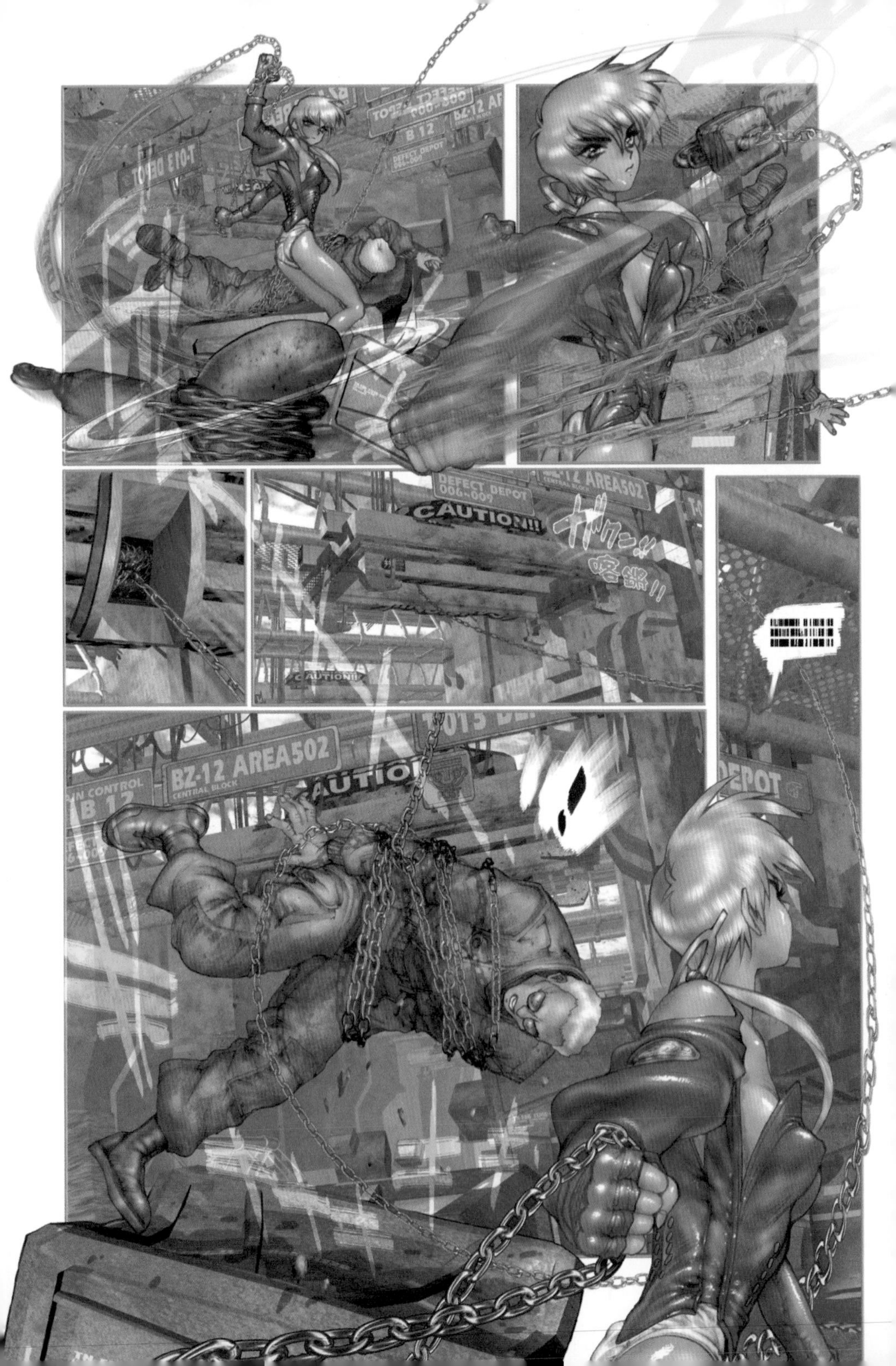

T-013 DEPOT
B 12
DEFECT DEPOT
006~009
CAUTION!!
BZ-12 AREA502
ガックン!!
喀鏘!!
CAUTION!!
BZ-12 AREA502
CENTRAL BLOCK
DEPOT

評估起重機用的鎖鏈！尤其是損耗表與張力強度！
是～
不是應該先調查過再使用嗎？
少廢話了！只是要確認而已！
以他的肌肉要發出2萬8400次衝擊才可能弄斷鎖鏈唷。
如果只是掙扎拉扯的話大約需要62萬小時。
離保安部到場還有4分3秒±20秒。
另外這是師傅使用的鎖鏈的製造紀錄、測試表、還有…
不用幫他們都弄好好啦，他們也該做點事了。
搜尋&追蹤受ROV污染後從這地區連往外部的所有終端機。
嗯～中繼機有87則紀錄，檢驗中…
未連接的竊聽活動我就沒法檢驗了。
這種事我知道啦！

控制室有所需衣物，擁有者的資訊我傳過去了。
很好很好。
TARGET
CAUTION!
SAFETY FIRST
B-12 DEPOT
為什麼只有上衣啊？
咦？您需要一整套的嗎？
?
JACKET
TARGET
但丁降級去工程處理組！
為什麼？為什麼？
是不是因為表皮保護率太低了？
她想穿穿看男裝的褲子吧。

漢尼拔！入侵雷布里斯，以等級8屏蔽他對克拉麗絲的所有感知！
啟動第2屏蔽陣列。
已經壓制雷布里斯至第6層，於海平面下4樓待命。
不要動用電子腦中樞，要偽裝成他在調查系統一般。準備好8台誘餌。
緊急ロックは解除されました
緊急安全鎖解除

看來雷布里斯現在不是變成敵人的棋子，就是被當作首要攻擊目標嘍？
應該是後者吧。也多虧他，我們才有機會再次挑戰敵方。
CLEAN ROOM
ACTIVE 000.002.045
將ROV的病毒注射進雷布里斯後待命。
CLEAN ROOM
ACTIVE 000.000.00
我可以把他的防壁什麼的通通解除嗎？
嘿？
可啊。
AREA-BIO-06

CONTACT AREA
GROUND

災情中途報告！
尚未處理的包括工程倉庫9台生化人與車輛工廠。C7242區新增加2名感染者。
繼續監視。
F257-UNIT
02 ROOM
被堵在G8迷宮的敵人探測物並無變化，推測為等級3的生化人，或者是同等級的問題解決能力極低的人類。
將它的硬體逼入死巷，持續監視13個小時。
蒐集到病毒捕捉器之後消磁銷毀拋棄！
是。
CONTROL ROOM 02
CLARICE'S EYEVIEW
ONLINE
對了對了，傳達人事部要他們仔細觀察這時工作人員的應對能力。
直線距離至雷布里斯還有30公尺。
準備F4誘餌！我們要一口氣潛到第6層唷！

最快路徑是？
插口在左耳後方，Megapa牌的LN2端子，第33批S-20。
OK。
林克，檢查！維持系統壓制狀態！
濕婆，看守克拉麗絲的硬體！
能不能讓我解析構造啊？
ONLINE
LN-2 335-20

F4誘餌啟動確認完畢。
解除雷布里斯的防壁，注射ROV的病毒！
病毒正在注射。
感染結束。12秒後將於第2層發生機能障礙。
義體的實體斷線與虛擬體感已確認開始運作。
預計到達第6層的時間是？
24秒。
LEVEL MAP
VIRUS
D組病毒陣列預備，四分衛掛「灰姑娘」！
設置在第5層的體感區！
設置完畢！

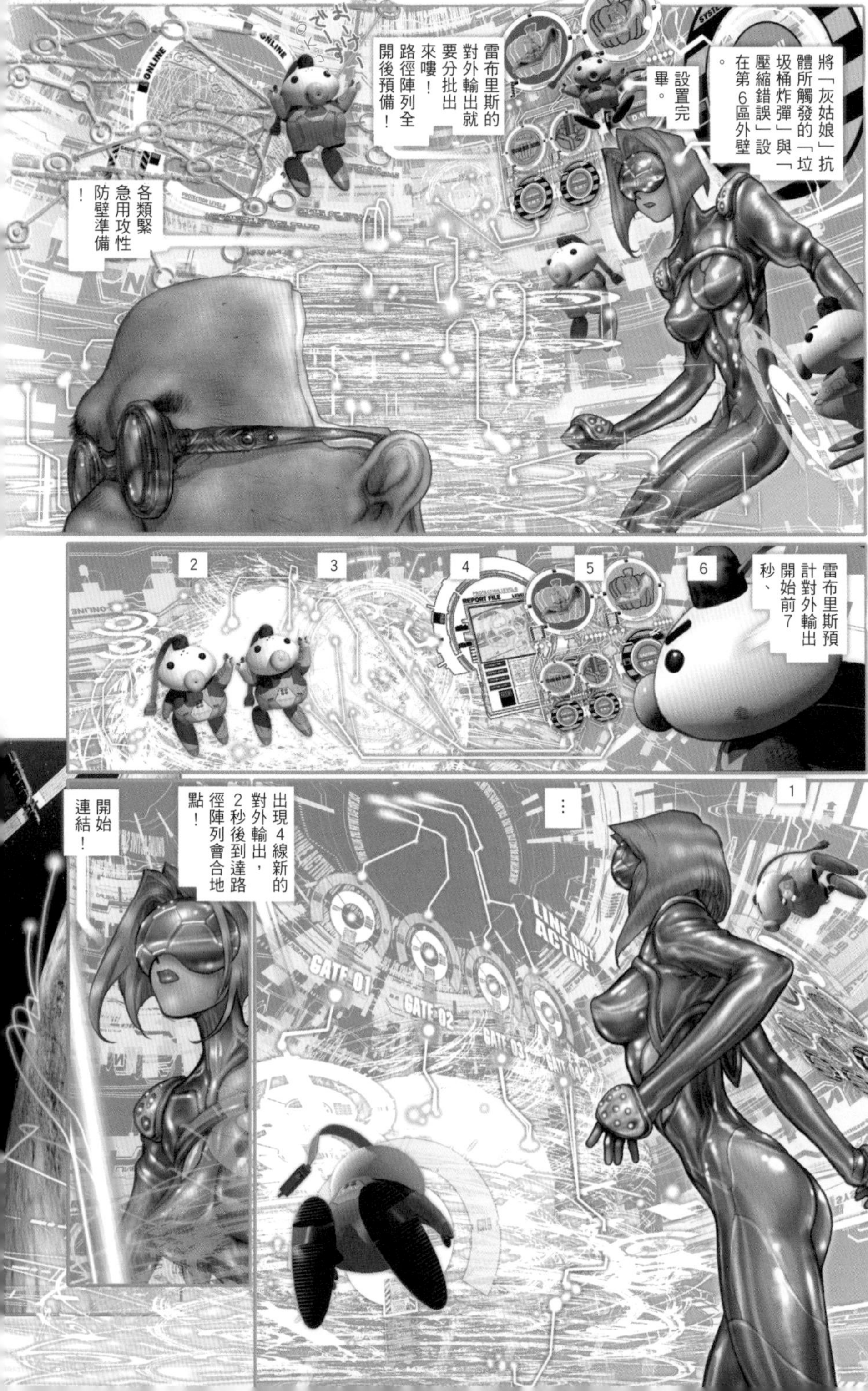
將「灰姑娘」抗體所觸發的「垃圾桶炸彈」與「壓縮錯誤」設在第6區外壁。
設置完畢。
雷布里斯的對外輸出就要分批出來嘍！路徑陣列全開後預備！
各類緊急用攻性防壁準備！
雷布里斯預計對外輸出開始前7秒、
6
5
4
3
2
1
…
出現4線新的對外輸出，2秒後到達路徑陣列會合地點！
開始連結！
LINE OUT ACTIVE
GATE 01
GATE 02
GATE 03
REPORT FILE
ONLINE

訊號通過上次的到達地點了！經過加貝爾的地面台進入衛星網了！
清除5道警報。
正在搜索小岔枝當中。
信號正經過聖保羅、特拉維夫，轉移到支援衛星。
72道陷阱正逐一解除中！
其中3線路徑在莫那比亞的電纜網路會合了。
MONNABIA CABLE NETWORK
硬體解析獲得反應！看來是敵人的大腦、或是單垓茲級神經AI的外壁。
莫那比亞果然不對勁吶～

漢尼拔，追蹤剩下那1線，盡一切能力追到底！阿丘，你掩護他！
是！
「灰姑娘」啟動反應。
敵方抗體搜索中。
將「病毒檢驗器自動更新病毒」分解後混入這3線！
RUS.CINDERELLA
這個不是會跟「灰姑娘」相衝嗎？
照做就是！
我們是先以周邊的硬電子腦與長期記憶為攻擊目標！
敵方已測知病毒！抗體運作中。
輸入閘口發生功能衝突！
根據各反應時間點推測敵方的對應紀錄回報給我！
用攻性防壁以最短路徑對現在已確知的另一道閘口定錨！
攻入第2層！
修復活動已確認！
INTER GATE
SYSTEM-11 NEURO LEVEL GATE

在電子腦時代還聽到有線連線可能會讓人感到奇怪，但是如果透過中繼機與替身裝置連線，就有被斷線或者被拔除電源線關機的可能，成了危機管理上的一個可趁之機。

尤其注意陣列與反應速度！
分析紀錄遭受敵方攻性防壁！解析機…
嗚嘎
洛基當機，封鎖中！封鎖完畢！
2台誘餌損壞到達D級！
將洛基保持密封，從獨立機台拷貝它的作戰前紀錄重新載入，繼續解析敵方攻性防壁！
敵方的位址很奇怪！完全沒有與莫那比亞相關的岔枝，也沒有在銀行登記過…
咦？進到第5層後敵方硬體竟然變了。
正在研判病毒暗藏陷阱的可能性並研擬對策。
攻入第6層ghost line！
LEVEL 6 GHOST LINE
CAUTION!!

敵方攻性防壁開始運作！這
嗚嘎
2台誘餌損壞！
敵方掃描已到達雷布里斯的短期記憶。
抗體的版本變了嗎？
變了。現在是CR15K47E。
那把解析機替換成砲台，掛上發射台！
ACCESS ONLINE
有「什麼東西」跑進發射台了！
直接發射出去！
把「天還箭」又「還」回去嗎？
就看看是不是陷阱嘍。
VIRUS LAUNCHER
摧毀敵方部分防禦系統！
應該是「病毒檢驗器自動更新病毒」還原後發作了。
對敵方閘口定錨！先作周邊探索！雷克斯持續戰鬥！柯南掩護他！
將病毒「拷貝炸彈」與「特洛伊」混在一起注入各閘！
LEVEL 06 MODE

這矩陣(matrix)是怎麼回事？這堆分叉看起來很像解除限制的測試用神經晶片……！
LEVEL 06
CAUTION!

LAN：Local Area Network，區域網路的簡寫。指範圍限定在特定區域（如企業內部或工廠內部）內的電腦網路，有別於網際網路等為一般人熟知的廣大電腦網路。
節點（node）：網路的分歧、終端接點。

敵方腦部應該是星形LAN的一個終端機。
是不是連身體控制的優先權都轉移到某個單純至極的系統上去了…？
節點的品質好糟唷翬翬。
翬翬？
嗯？
！
?!!
我試著拿下敵方系統，發現管理區域！

敵方的某些部分化為亂數消失了！
鏡子？
已壓制敵方系統，再次搜索地雷等裝置！
A組病毒陣列待命
好險好險，竟然是反射型的誘餌。
會在第6層加裝這種機關…看來這腦是宿主啊。
解析報告完成！

抗免疫因子群：缺乏合適的表達方式，大致是指寄生在他人腦中的靈魂，除了要備有抗體或防毒程式之外，還需要在自己四周設置好抑制「宿主的自我認知與排除異物機能」活性的病毒與閘口。這些抗免疫因子在靈魂撤離時不一定會回收或消除，會成為宿主免疫力不全的原因。

莫那比亞真的有這麼大規模的LAN嗎？
這是…
鞏
鞏
鞏
鞏
鞏
鞏
鞏
鞏
鞏
鞏
鞏
鞏
Meditech第一工廠的器官移植豬(donor pig)?!

莫非是豬豬團結起來要推翻公司?!
但丁…你也太好笑了。
咱們公司的豬隻不該有人類腦子才對呀，這豈不是違反國際法規了？管理表與豬隻的探查報告！
師傅您不是都沒在管國際法的嗎？
然後透過雷布里斯與第一工廠取得正規聯繫！探索工廠周邊的異常有線連結！
是。
我借用一下工廠的螯米機器人來調查。
呃～我做好各種託育臟器的訂製圖表了。訂製人腦在紀錄上是0件，但探查結果卻是100%。
雖然神經網絡十分發達，但沒辦法真的運作到像人類一般。
而且還頗為癡呆。
這在國際法上不是「人豬」而是「豬人」啦～
殺光？殺光？
這敵手還真是棘手呀…到底從哪時起駭入Meditech的…？
敵人是不是從雷布里斯腦中帶走了莫那比亞相關的預定表？清掃狀況如何了？
對方到第5層就一口氣布網把周邊情報整包帶走了。清掃狀況順利，雷布里斯也被順利保全。
嗯，在恐攻之後，我們公司與莫那比亞之間自然會有緊急會議嘍。
嗯?!

等等…這豈不是表示敵人有兩組人馬？
一組是將我們公司的人豬偷偷改成豬人來利用牠們腦袋，另一組則來襲擊這些豬隻…
是不是哪裡搞錯了?!
不對不對，還是內部糾紛？或者也有可能是在處理什麼麻煩…
雷布里斯雖然有監控基因設計組，但對包含線下職員在內的電子腦員工並沒有出手。
溼婆，回收克拉麗絲！消磁銷毀，重置後休眠！
好～構造解析報告彙整完畢！需要等級C的保養喔。
呼。

敵人也可能是出於道德良心為豬隻裝上違法的複製人腦，企圖藉此來表達對於用豬隻製造人體器官的抗議，
列出在基因設計階段可能駭入的所有人物！
是。
從他們的經濟狀態變化、人脈到思想，全都彙整回報給我！
嗯～
還有當時的電賊對策。
這個可以馬上給在這。
SECURITY REPORT
2030.08.01.AM08:02
MARK CHAZWICK
SECTION B-01N-0028
搜索敵方痕跡，分析後回報！
為什麼刻意要用豬隻？
將大量豬腦連接起來的意義是？
嗯…

這裡說的「燒死」是「用攻性防壁攻擊豬隻的電子腦」之意。

2035.03.06.PM01:12

CAUTION!!
波塞頓工業　海面下約 50 公尺
在文件上是本應存在於古巴的支援潛水艇用載駁船規格浮動船塢區塊內部
素子的「祕密基地」
鏗!!
咻
咻
那麼雷普里阿諾先生，您認為宗教或者神必定會容許腦部與胚胎相關的生物科技？
如果神是全知全能的話，這是必然的判斷呀。
而且我想醫療在大多數宗教都具有倫理上的合法性才是。
神必然遵循的是自然之道，
電腦義體與器官銀行都是不被容許的、對神的褻瀆！
您是說瀕死的人都應該放任他們死去？
我沒這樣說。
N.W.N.N.
BLESS EXPRESS

雷克斯、柯南！巢穴警備！仔細做好清掃與高壓電防禦！
已將船塢內的海水通電。
好久沒上到地面來哩。
擁有可救人的科技卻束手旁觀，這樣才是自然嗎？
聽好，救世濟人是高度的精神行為，可不是把人體當作工業製品一般交換呀。
大家要從12年的卡洛斯事件學到教訓，那可是一記警鐘呀！
去年的統計，身體超過10％進行生化人化的全球人口已經有245萬人，
他們並非全都在理想的條件下接受醫療。
很可惜，這也牽涉到各國的醫療制度，本公司能做的也有限。

素子的頭髮具有吸收水中氧分子、如鰓一般的機能，又有具備伸縮性的呼吸道，可以緊密地收納起來。表面髮色則是利用與光學迷彩相同的原理，能夠進行一定程度的變化。

GIG：巴西里約熱內盧的國際機場代碼。

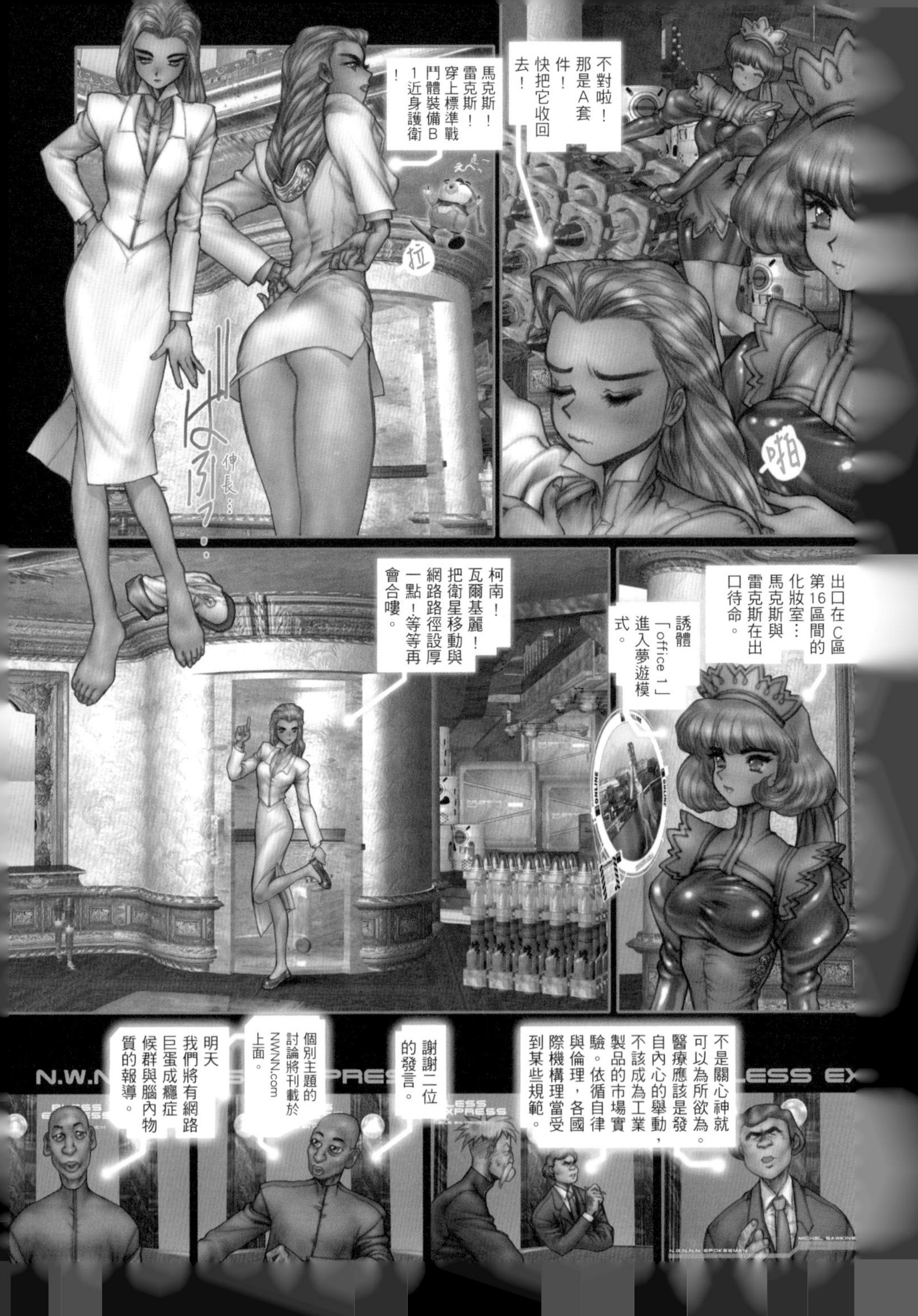

不對啦！那是A套件！快把它收回去！
馬克斯！雷克斯！穿上標準戰鬥體裝備B1近身護衛！
啪
拉
伸長…
出口在C區第16區間的化妝室…馬克斯與雷克斯在出口待命。
誘體「office 1」進入夢遊模式。
柯南！瓦爾基麗！把衛星移動與網路路徑設厚一點！等等再會合嘍。
不是關心神就可以為所欲為。醫療應該是發自內心的舉動，不該成為工業製品的市場實驗。依循自律與倫理，各國際機構理當受到某些規範。
謝謝二位的發言。
個別主題的討論將刊載於NWNN.com上面。
明天我們將有網路巨蛋成癮症候群與腦內物質的報導。
N.W.N.N
EXPRESS
MICHEL SAWKINS
N.W.N.N SPOKESMAN

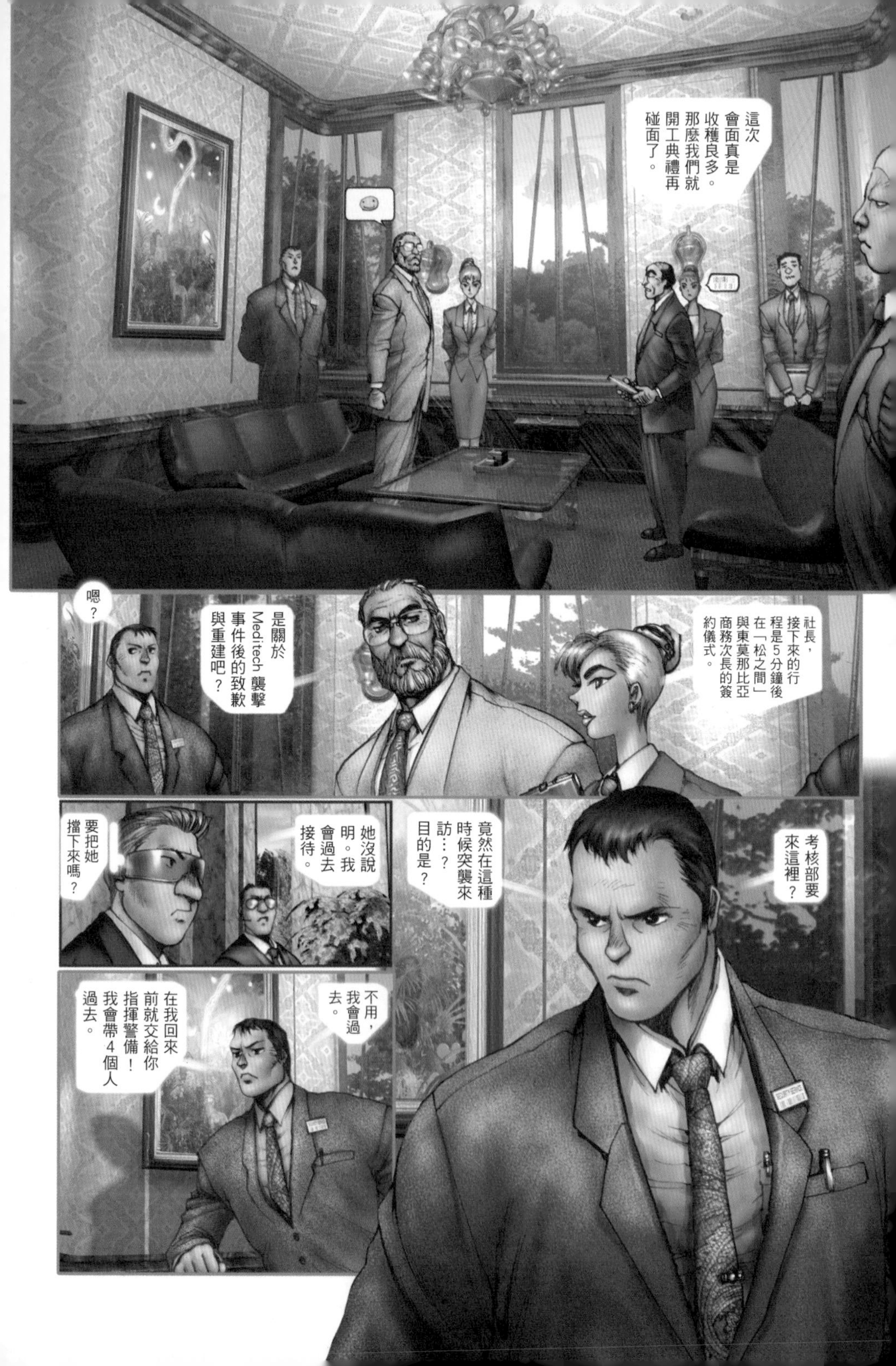
這次會面真是收穫良多。那麼我們就開工典禮再碰面了。
社長，接下來的行程是5分鐘後在「松之間」與東莫那比亞商務次長的簽約儀式。
是關於Meditech襲擊事件後的致歉與重建吧？
嗯？
考核部要來這裡？
竟然在這種時候突襲來訪…？目的是？
她沒說明。我會過去接待。
要把她擋下來嗎？
不用，我會過去。
在我回來前就交給你指揮警備！我會帶4個人過去。

丸山！即刻以P4向公司本部確認！
是。
喔不不…看到保安部李部長親自迎接才真令人意外。
哎呀…荒卷素子部長親自駕到，真是意外。
VCR-50
F213139-
BELWITS
1997.4.27

這樣離開社長身邊沒問題嗎？
總是想看看傳聞中新任部長的尊容嘍。
那可真是光榮啊，不幸的是這張臉也只是人造品義臉。
真是恕我失言了。
別擔心，這種程度的表現還不會太影響你的人事評量。
只不過你的評量早就透過人事檔案確定完畢嘍。
好苛刻呀…
希望這樣回應有符合你的期待嘍。
POSEIDON INDUSTRIAL

可以問問你警備狀況如何嗎？雖然這樣沒經過書面申請你也可以不回答我。
我是不喜歡這樣，但也沒啥好隱瞞的。傳給妳了。
2035.03.06.PM13.47
P.I.M. E.M.P
與警備監視網獲得的掃描結果一致。
回報設施內的電子腦活動！
要是不願提供充分的情報，我們能提供的協助恐怕很有限喔？
直到快2分鐘前，有股違反國際電子腦倫理的電磁波籠罩這個地區，
是那種亂槍打鳥的電磁波吧。
既然簽約內容都已經公開了，我們可以預期有人會針對儀式做出某種介入。
羽生，聽到了嗎？把通訊都改為復古方式。
是。
這病毒是延遲性的，所以叫你的人員要做好彼此監控喔。

要是你來下毒的話會怎麼做？
從長時間接近要人的翻譯官吧…從語言軟體感染他們並不難。
如果是重要人士的電子腦直接被突破的話呢？
這只能祈禱上蒼別讓它發生了。
倒是妳應該對自己防壁有十足自信，不然不會來現場吧？
看來我的八卦都不是什麼好事嘛…觀察完我馬上就走了。
咦？妳不是來阻止的嗎？
來蒐集情資的啦。

如果只是好玩的惡作劇的話，搞亂翻譯是確實會有些成效，但像這樣每個人都具有翻譯能力、又有超過一人以上能夠檢驗的情況，只是扭曲一位翻譯員的翻譯內容也不足以阻礙會議。而且建築物周遭的警備又相當森嚴，沒辦法丟什麼炸彈進去，因此要阻撓會議只能在內部創造出破壞者了。這樣的病毒不僅會陷害目標本身，還會在周邊產生大量的被害者。

Mankraft ver.8：採用匕首或棍棒為基礎做格鬥的知名戰鬥術行為軟體品牌。在這個世界觀中是美國陸軍生化人部隊的制式配備，看來東莫那比亞的安警也有採用。ver.8 起開始支援投擲機能，使得用戶的手指與腕部關節更容易發生實體故障問題。

!
是。
?!

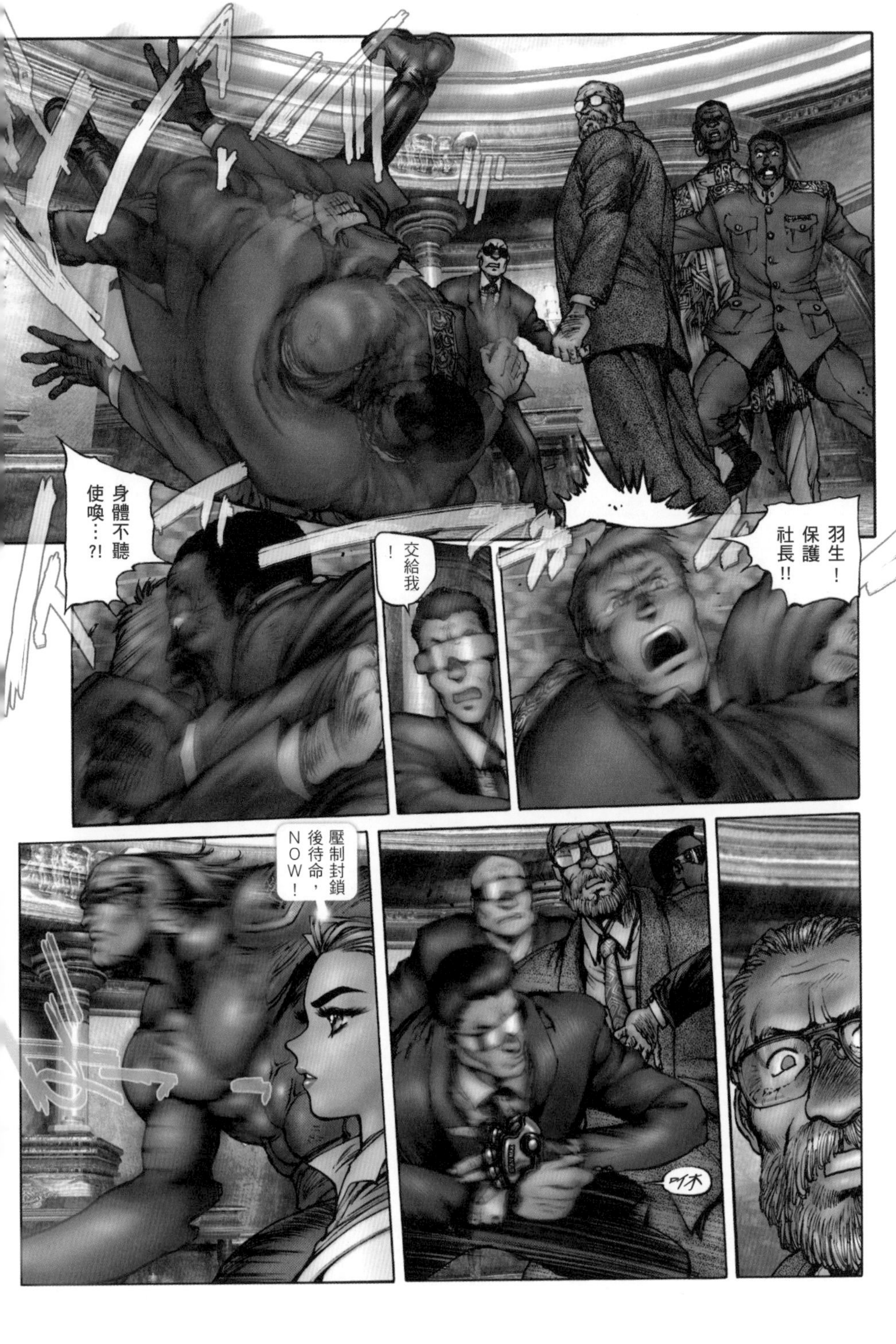
羽生！保護社長!!
身體不聽使喚…?!
交給我！
壓制封鎖後待命，NOW！
叩木

嗚哇…！
請往這邊！！
！！
嘰——～嗒咻
嗶

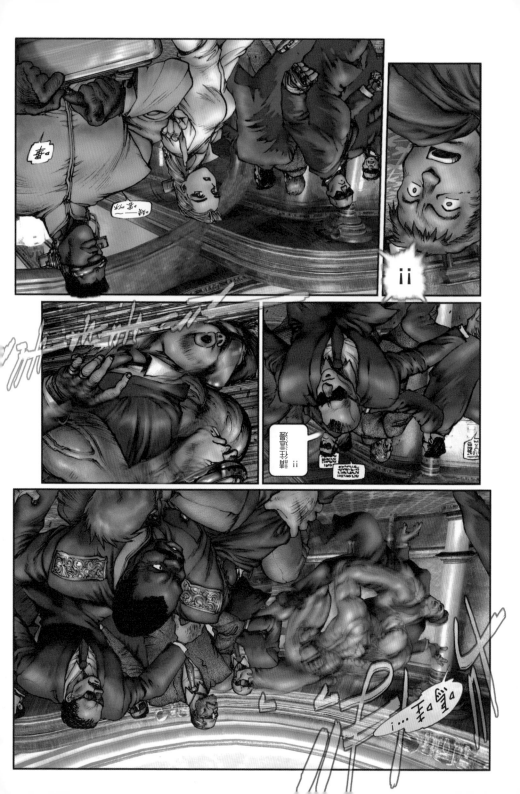

讓他保持昏睡！全體兩人一組彼此監視！小黃你到儀式會場待命！吉姆去請專家團隊過來!!
two-man cell
在這待命嗎?!
我不是說了嗎？

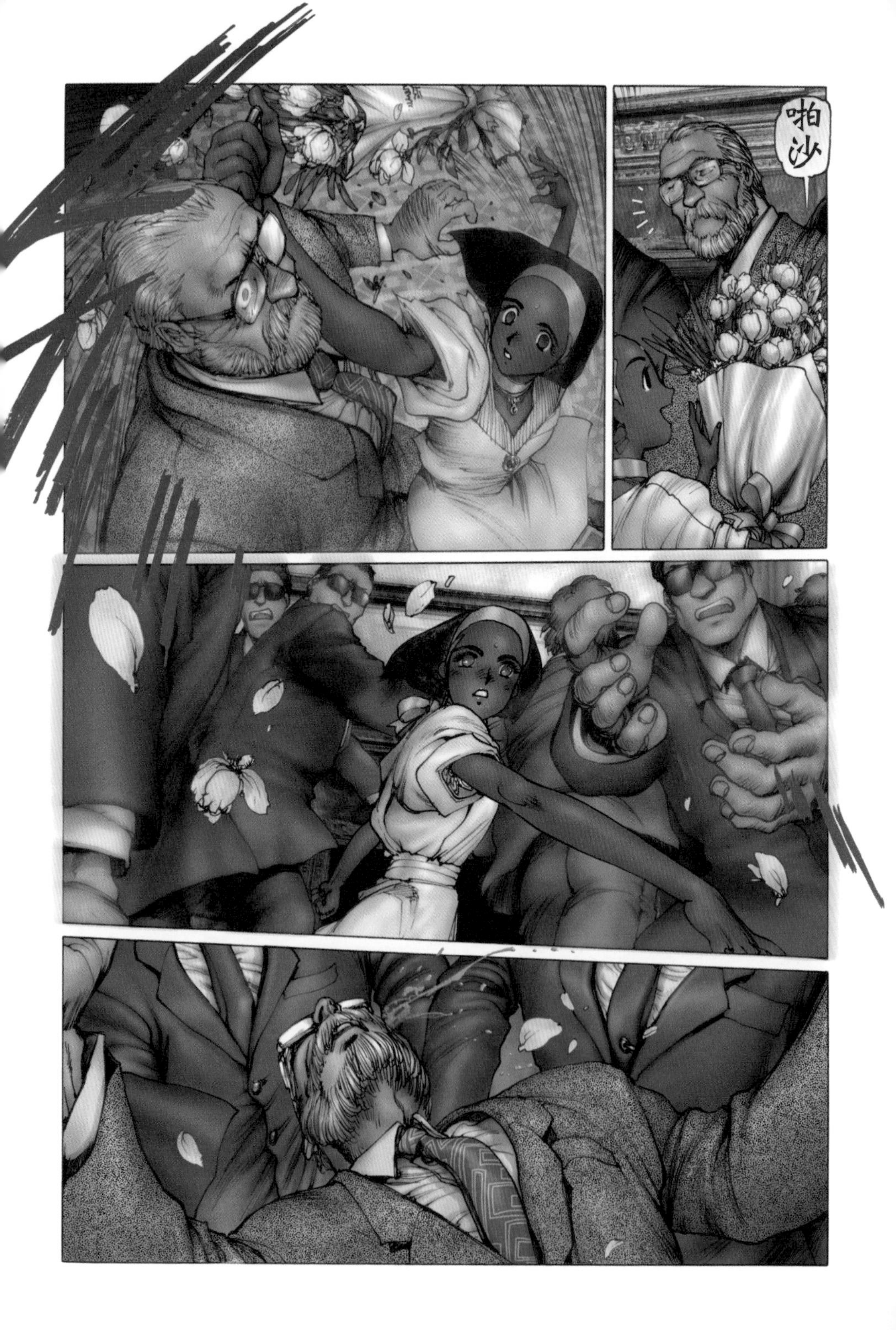
啪沙

社長!!
唧!
入侵痕跡可望復原!正在解析中。
一樣要留心迎擊子(桃の実)。
逆向追蹤停在8台中繼機上!開始在訊號源周圍布置壓制網!
義體(這身體)就先交給你,之後遵照指示陣列行動!
PROTECT LEVEL 08
ACCESS DECOY x16

這區域的誘體在…92公里外啊…真麻煩～
WELCOME!
CAUTION!
DATA PROTECTED
POLICE
NIPPON-POLICE
最靠近目的地又可利用的義體在哪勒？

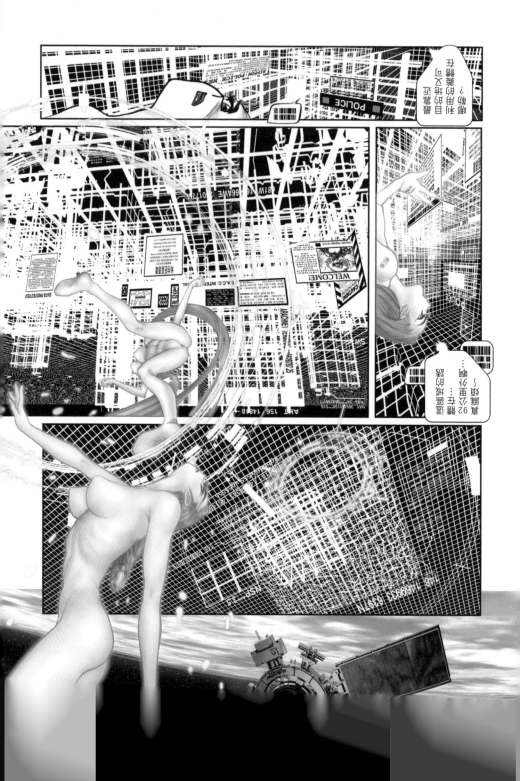

GORNY.TOOLS
READ ONLY DEVICE-05
2TB
R258
CAUTION!
DATA PROTECTED
26
POLICE
20 km/h
而且聽說後來妳的右手只要拿起槍就會故障？
26
POLICE
PATROL CAR
N11454
各移動中車輛
解除 V-3094
重複 ***
解除 V-3094
26
POLICE
沒試過重灌嗎？
別輕忽義體控制系統的軟體升級啊。
嗶嗶嗶

管制本部呼叫移動26，請回答。
這裡是移動26，請說。
POLICE FILE N001
P-F0458615
P-M6638245
WEY WOFON
26 POLICE PATROL CAR
嗚哇！
搞什麼啦！方向盤還我!!

對了，電動車外殼怎麼沒人在加裝太陽能面板？還是已經有加裝的？即使是將水電解獲得氫來當作燃料電池的「水動車」應該也需要太陽能面板才是，實在應該來好好想想畫近未來車輛時外殼該畫成什麼質地…

「會用又可以用到電腦的人」與「不會用又沒法用到電腦的人」之間所產生的資訊落差，近年來已經被冠上「數位落差（digital divide）」而常被媒體提及（這你早就知道了？）。事實上還有另一種重要的數位落差，那就是「已被電子化的資訊」與「尚未或不會被電子化的資訊」。在ＩＴ這詞滿天飛的當下，大家更應該一併留意「尚未或不會被電子化的資訊」才對唷。也要小心各種惡性情報、誘導式情報、錯誤情報與病毒！

在這啊！
嗶
嗶
嗶
哼⋯⋯
抱歉。
ビキビキビキ

POLICE
ドボボボボ
嗶
哎呀!
DANGER!

竟然是地雷呀。
用來測試我的技能並拖延時間嗎？怪怪，沒有在傳送資料…是設定事後才報告嗎？
1 ACCESS
2 ACCESS
在6種斷線警報上設了攻性防壁…細節還做了若干改變。

這手臂是怎麼回事?!
啊!
竟然裝了5套射擊控制軟體?!這還能不相衝嗎?
嗚哇

DELETE
DELETE
DELETE
DELETE

好！
TARGET-MAP
T-0001
T-0002
T-0003
T-0005
T-0006
T-0008
+15
+20
+25
POLICE
DERETE FILE
G-145154511514
T-89786146688
W-145145-88744
Y-3233266456AR
**********OK?
OK
DEREIED

是要解體後調查硬體呢……還是讓它來帶路前往它主子或是陷阱的所在呢？
DANGER!
?!!

參考：漫畫沒有辦法描繪他們的動作，但穿著防護服的大叔（或大姐）都是半身生癬的狀態，所以動作會像打嗝般一頓一頓的。穿防彈背心的要人好像也會碰到類似的問題。

呼。
我們正搭乘2號匿蹤機前往N16。
好，將測試用筆電與檢體拿過來！確認有無被追蹤。
對了，是誰說可以讓外部人士同行的？
多危險呀，真是的……
他們沒有拒絕的理由罷了。別怪他們。
從語氣聽來你不太生氣嘛。是在我身上塗鴉過了？
會不會生氣，就看接下來我們談得如何嘍！

妳是想找出情報洩漏的漏洞所在？還是想試探我們保安部？
我這麼忙，哪還有時間搞什麼訓練或考試啊？
保安部護衛的不是社長本人而是誘體——
我可以承擔警備不周的責任…但這是為了讓社長被認為是「死人」隱身起來而放任暗殺嗎？
不對…敵人是「技能強卻單純、輕看收尾但生性多疑」的類型唷，這種手段對他沒有用。
而且他的目標不是社長唷。
在將死他的時機來臨前，必須隱藏住我們的技能與應對傾向。
嗶啾啾
不能安排誘餌來殲滅他嘛？如果已經看出敵方的本質與目的的話…
那需要確認組織被侵蝕的程度、優先強化基礎防衛，還要安排好後手策略。
襲擊社長就是敵人種下的誘餌，要拔除它又缺乏適合的填補材料。

原本這應該交由聯合國的網警處理…不過現在是印度或新加坡的電警來辦就是了。
net police
嗶
而且為了這種事害公司的機密壁瓦解也怪沒意思的。
啊，馬上就受害了。
系統爆了，他的病毒是拒絕讀取型的呀。
嘎
還貫通了3層防壁
我看妳就喜歡一直等到有人受害吧。
防壁什麼的之後重組就好了嘛。
馬克斯！
你用原始檢體找出能在感染狀態下開洞的白老鼠！
是。
可別用電子腦也別接網路唷！用P4獨立機台。
protection 4 standalone
我在公安網有認識人…要請他列出可能襲擊社長的嫌疑人士嗎？
等時候到了再說吧。不過我現在要睡了…抱歉！
妳怎麼還睡！剛才不是已經一直——
沉

金姆尼30：義體控制軟體名稱，30代表2030年版之意。

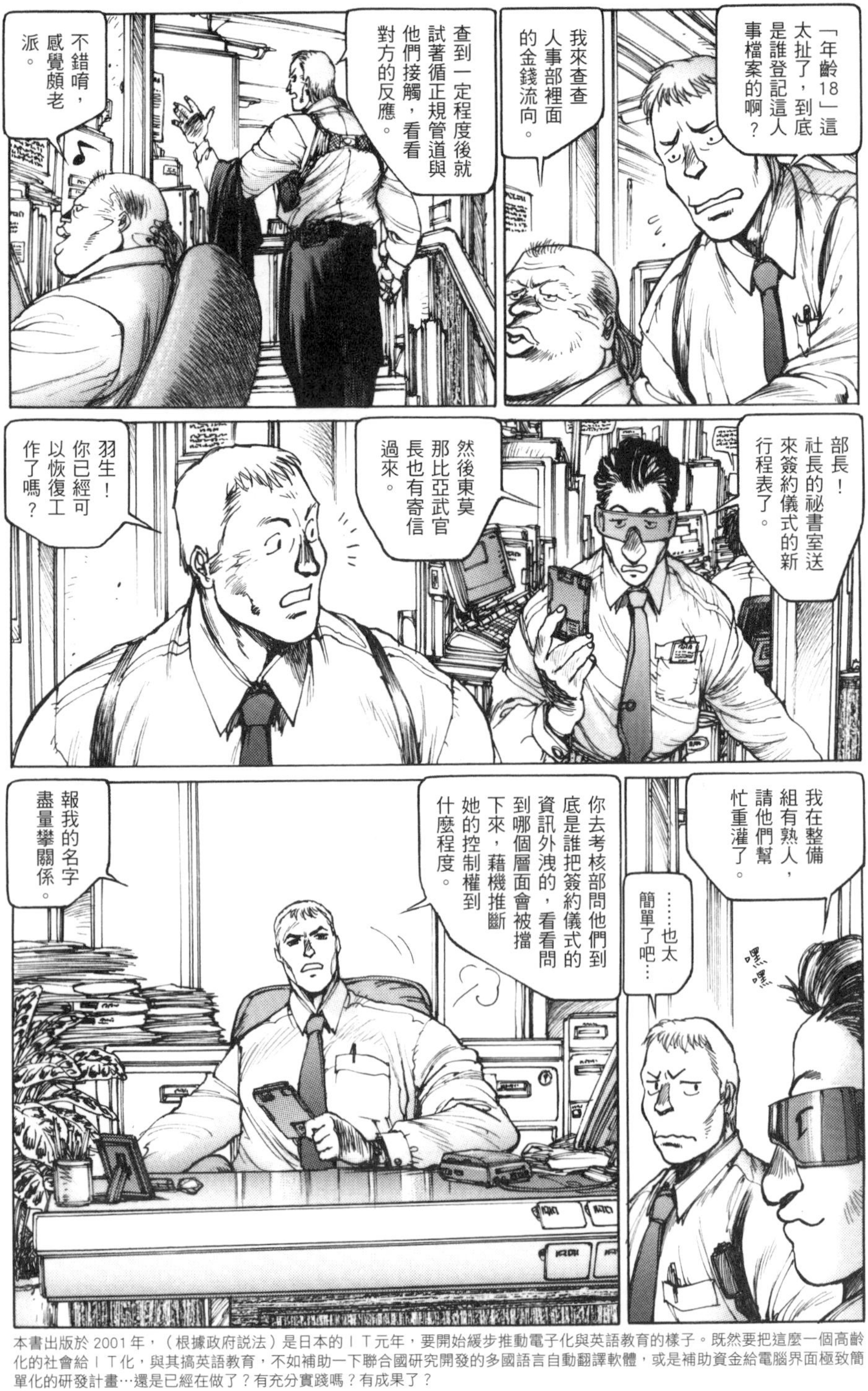

本書出版於 2001 年，（根據政府說法）是日本的ＩＴ元年，要開始緩步推動電子化與英語教育的樣子。既然要把這麼一個高齡化的社會給ＩＴ化，與其搞英語教育，不如補助一下聯合國研究開發的多國語言自動翻譯軟體，或是補助資金給電腦界面極致簡單化的研發計畫…還是已經在做了？有充分實踐嗎？有成果了？

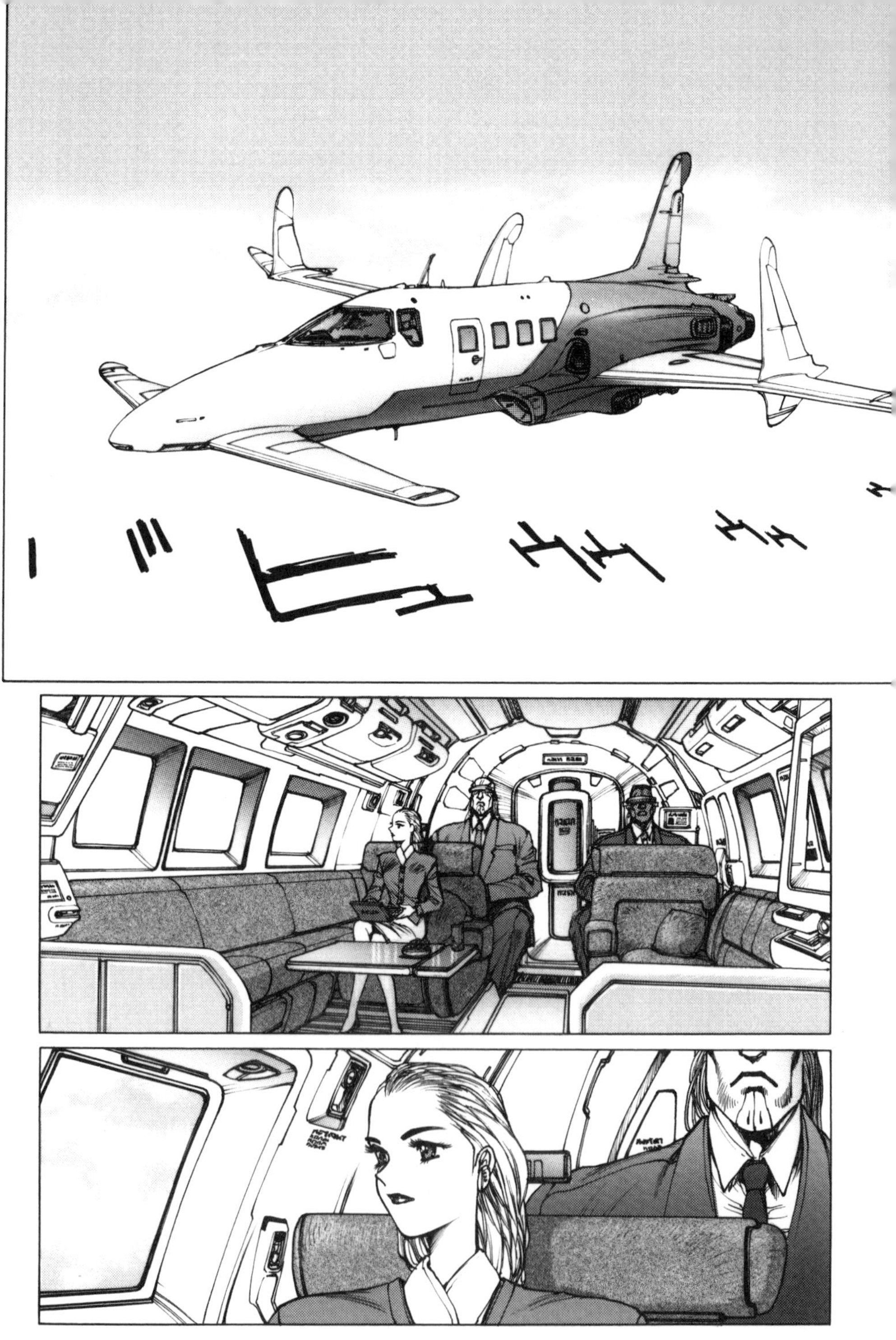

荒卷部長，您要喝點什麼嗎？
謝謝，不用了。
真不好意思，突然要請妳載我一程…
請別多慮。
嗯…還真是拗不過妳呢…請坐吧。
謝謝。
您看來已經沉靜下來了呢，星相也很良好……
多重交纏的意志似乎已經融為一體的樣子。
是啊，最近已經可以認知到現實了…
7年內曾經在小小的鋼琴教室裡當講師的經歷，如今我也是作為「一段經驗」而接受了。

您認為「變身」的原因是因為完全義體化的緣故嗎？
…
義體化嗎？還是全身麻痺，交通意外…或者說不定在更早之前電子腦化時候就已經開始了…
呵呵
？
等哪天您願意分享的時候，請務必告訴我真相。
安塔瑞絲，可以問妳一件事嗎？
什麼事？
妳有見過社長嗎？
社長…
似乎位於遙遠遙遠的所在…

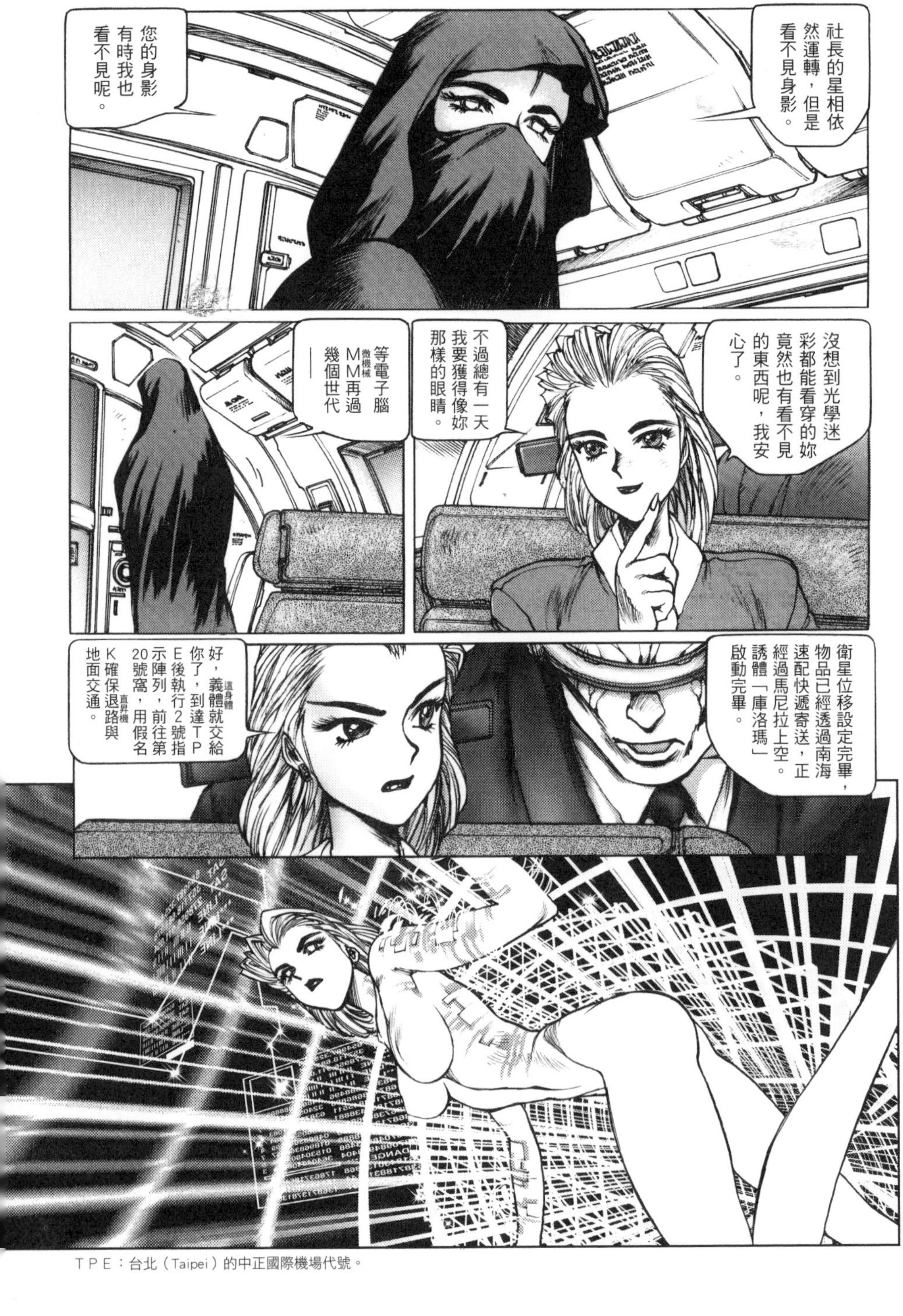
社長的星相依然運轉，但是看不見身影。
您的身影有時我也看不見呢。
沒想到光學迷彩都能看穿的妳竟然也有看不見的東西呢，我安心了。
不過總有一天我要獲得像妳那樣的眼睛。
等電子腦（微機械）MM再過幾個世代——
衛星位移設定完畢，物品已經透過南海速配快遞寄送，正經過馬尼拉上空。誘體「庫洛瑪」啟動完畢。
好，義體（這身體）就交給你了，到達TPE後執行2號指示陣列，前往第20號窩，用假名K確保退路（直昇機）與地面交通。

TPE：台北（Taipei）的中正國際機場代號。

呼
?
嘩—
喀啦喀啦
啾
怪了…怎麼有個傢伙待在那邊？
??
B.U.R.Gs
MOBILE

跳訊：因衛星通過造成電磁波混亂。這裡則設定成飛行機因天候不佳更改航線通過上空所造成，而不是天候不佳本身影響電磁波。

很難說那個時代還會不會像這樣充斥著內燃機引擎，不過比起無聲的電動車外型更容易辨識，所以還是這樣畫了。雖然「靜音」是電動類車種的賣點之一，但「在大街上行駛卻無聲」不是也滿危險的嗎？還是這已經是我多慮了？
摩托車的細節沒有什麼意義，敬請原諒！

南海速配社送貨來了，給我看妳的尾款。
delivery
ドゥドゥドゥドゥ
電子貨幣、信用卡、股票之類的一概不收，咱們只信現金。
你們這公司可真怪。
給我貨品跟收據。
啪
丟
南海速配
嗶—啾嘰
合格。給她。
ドゥドゥドゥ
ゴゴゴゴ
嗶

要提高電腦安全性，最快也最容易的方法就是不要接上網路。但是對大多數人來說這不是個好方法，因為現實讓他們不連上網不行。近年來充斥所謂ＩＴ化家電這種東西，但如果不慎防病毒的話恐怕不是好事，應該要留意這些熱家電或內部儲存了家庭資訊的東西吧。像大門門鎖用上鑰匙卡或指紋比對，然後又連上網路的系統也是滿恐怖的。各位關係人士務必要努力打造安全對策呀！電力線網路也是，想起來很方便但真的沒問題嗎？

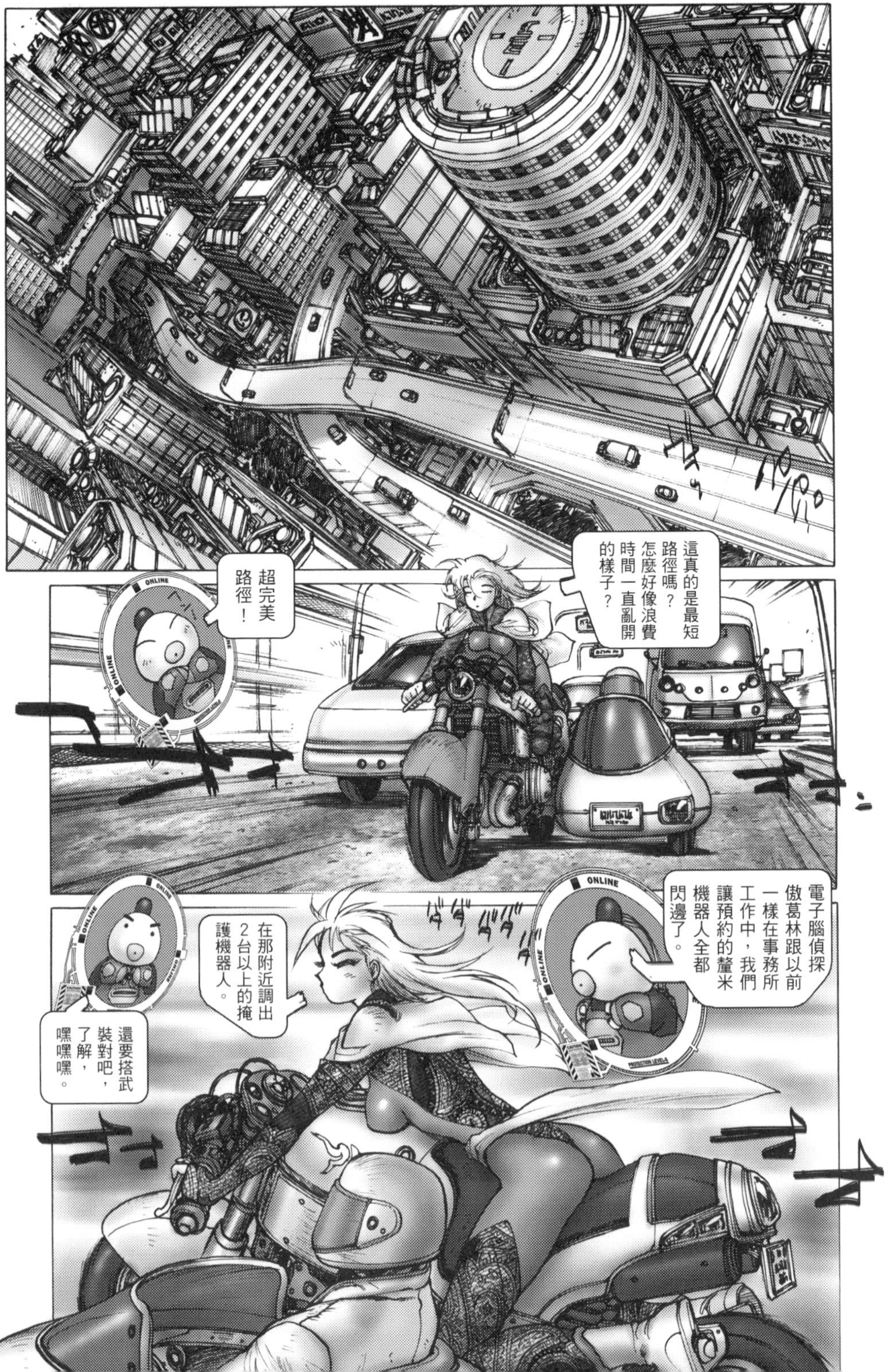
這真的是最短路徑嗎？怎麼好像浪費時間一直亂開的樣子？
超完美路徑！
電子腦偵探傲葛林跟以前一樣在事務所工作中，我們讓預約的鳌米機器人全都閃邊了。
在那附近調出2台以上的掩護機器人。
還要搭武裝對吧，了解，嘿嘿嘿。

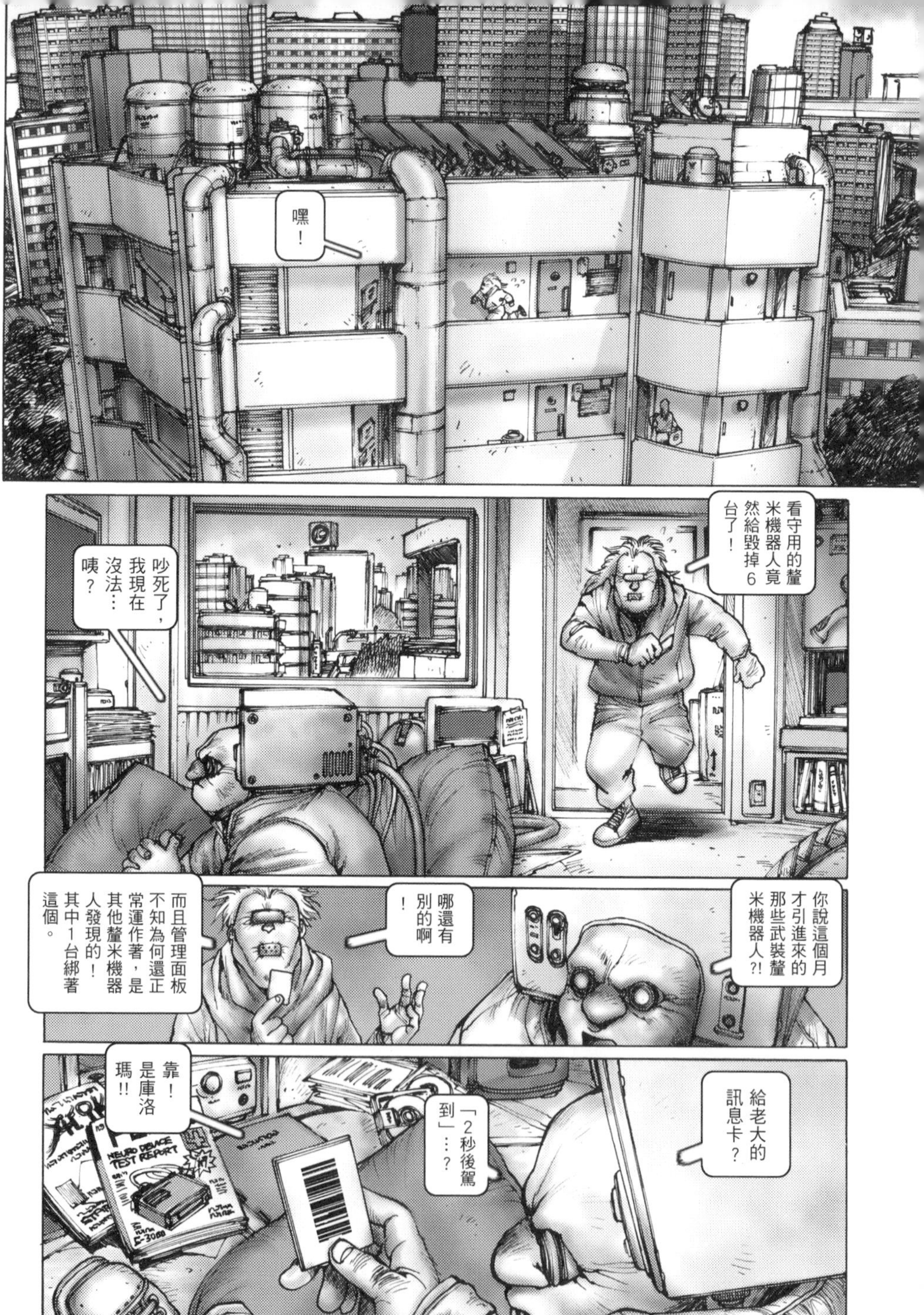
嘿！
看守用的螯米機器人竟然給毀掉6台了！
吵死了，我現在沒法…咦？
你說這個月才引進來的那些武裝螯米機器人?!
哪還有別的啊！
而且管理面板不知為何還正常運作著，是其他螯米機器人發現的！其中1台綁著這個。
給老大的訊息卡？
「2秒後駕到」…？
靠！是庫洛瑪!!
NEURO DEVICE TEST REPORT

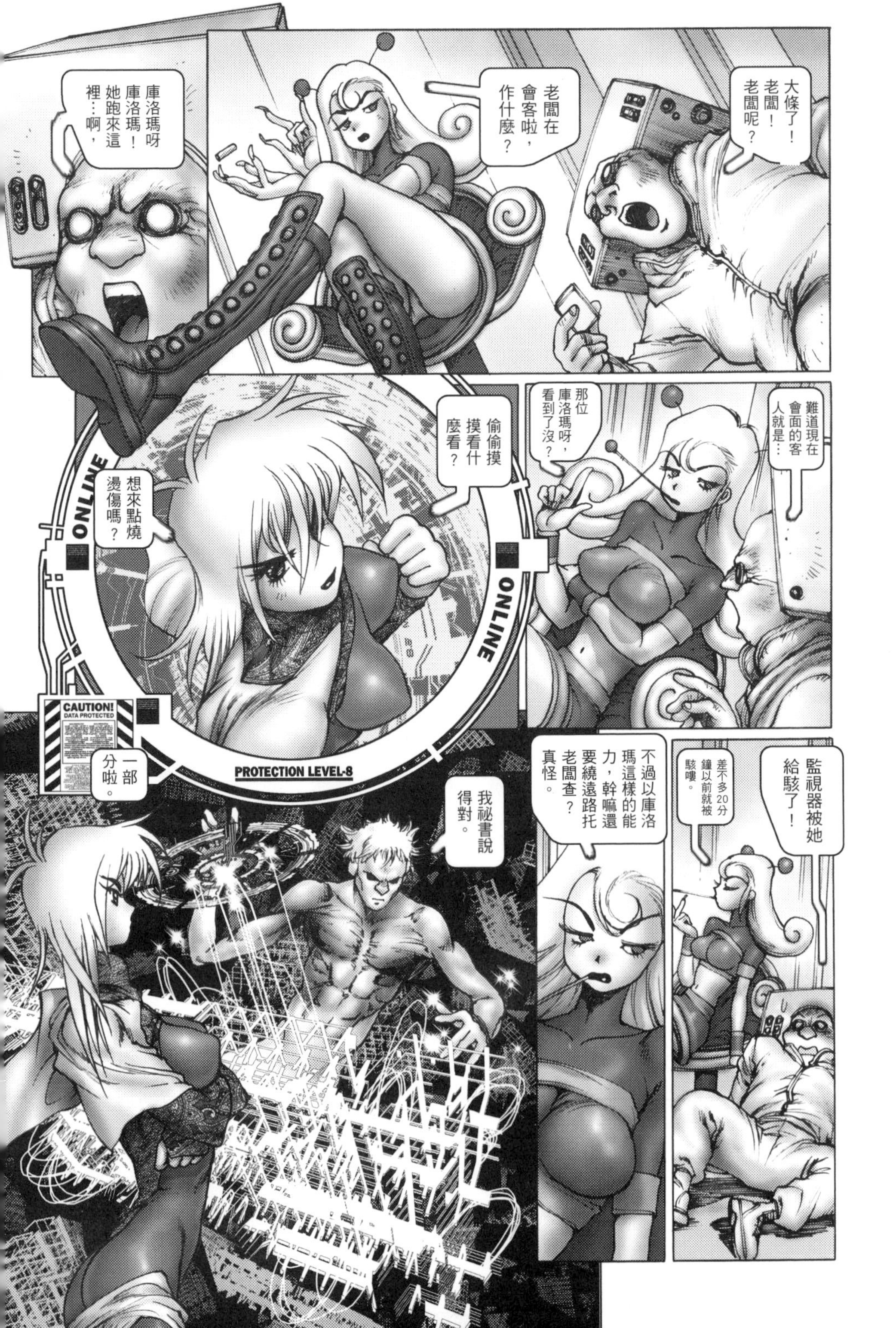
大條了！老闆！老闆呢？
老闆在會客啦，作什麼？
庫洛瑪呀庫洛瑪！她跑來這裡…啊，
難道現在會面的客人就是…
那位庫洛瑪呀，看到了沒？
偷偷摸摸看什麼？
想來點燒燙傷嗎？
ONLINE
ONLINE
CAUTION!
DATA PROTECTED
PROTECTION LEVEL-8
監視器被她給駭了！
差不多20分鐘以前就被駭嘍。
不過以庫洛瑪這樣的能力，幹嘛還要繞遠路托老闆查？真怪。
我祕書說得對。
一部分啦。

看來它是為了避免留下電紋而透過公共終端機有線輸入的啊…
也沒有留下ROM殘留物與撞擊碎片…
是把遊戲用的單腦AI加上若干改造，縮小並隨機化的成品。
光靠這個沒有辦法追蹤下去…不過神經部分有顯現妳和它遭遇時的影響…或許可以從硬體面下手。
你到底能查還是不能查？
之前回絕就被妳惡整三個月差點死掉哩。
哈，是喔，你真該換些更有效的抗體呀。如果不怕花錢的話我可以賣你唷。
先到外面等嘍。

那個就是這台中繼機的終端機？
可能喔。
!
最近的地下企業都開始這樣沒規沒矩了嗎？
哇…這真的是遙控人偶（人體終端）嗎？動作也太過自然了吧。
不好意思…說怕妳在這邊等太無聊…
我們準備了一份自製的遊戲來…
款待我？還是綁架我？

這裡所謂的高速指的是發現從連通路徑、突破防壁、駭入目標到切斷連線所需要的時間。

本作品中的電腦矩陣空間不過是漫畫的表現效果，並非真的存在那樣的視覺圖像與空間。但是在像這一頁這種「遊戲程式空間」裡面時，則普遍會設計到讓人在視、聽、嗅、味、觸覺上「盡可能貼近現實」，現實的物理法則也在一定程度上通用。

ENTRANCE
Welcome to Paranodrome!
GATE
ふりだし
我到底是從什麼時間點開始被推進這遊戲的？
NO EXIT
歡迎光臨～
歡迎來到Sodogram，由遊戲主持者製作的非現實世界！
program
請拿份傳單takopy～
SODOGRAM
Paranodrome
歡迎庫洛瑪小姐，我們已恭候多時了。
請前往前面的吧台。

無法辨別他們究竟是庫洛瑪以外的遊戲參加者（player）或者是遊戲程式的一部分。

正在分析、記錄
啊，所以不同飲料會對應不同破關路線的金鑰？
喝完這一杯，請前往本店二樓的關卡入口。
1分鐘前有3位持武裝的玩家正在追蹤妳。
所以只要改變飲料的構造，就會跑到別的路線嘍……
被這樣隆重款待，我也來埋點什麼刀山地雷吧。
他們實在應該多表示一點敬意才是呀。
以先前「分析、記錄」的特別路線金鑰為基礎打造出別的破關路線金鑰，讓程式去跑。
ゴオォォ
オオ
GATE

無法辨別這場景究竟是ＲＰＧ的一部分或是射擊遊戲。

怪了…沒有她通過這個特製關卡起點區的痕跡…
搜尋一下吧。
我嘗試把我們都屏蔽起來，REV回一分多鐘前。
reverse
也沒有出現破關標誌……
她可能對金鑰加工跑到別的指標去了…
index
找到了！她在第4路線的輪盤！
我們要進入關卡全開模式了！
MASTER P MODE
被搜尋到了？
FILE 315
FILE 315

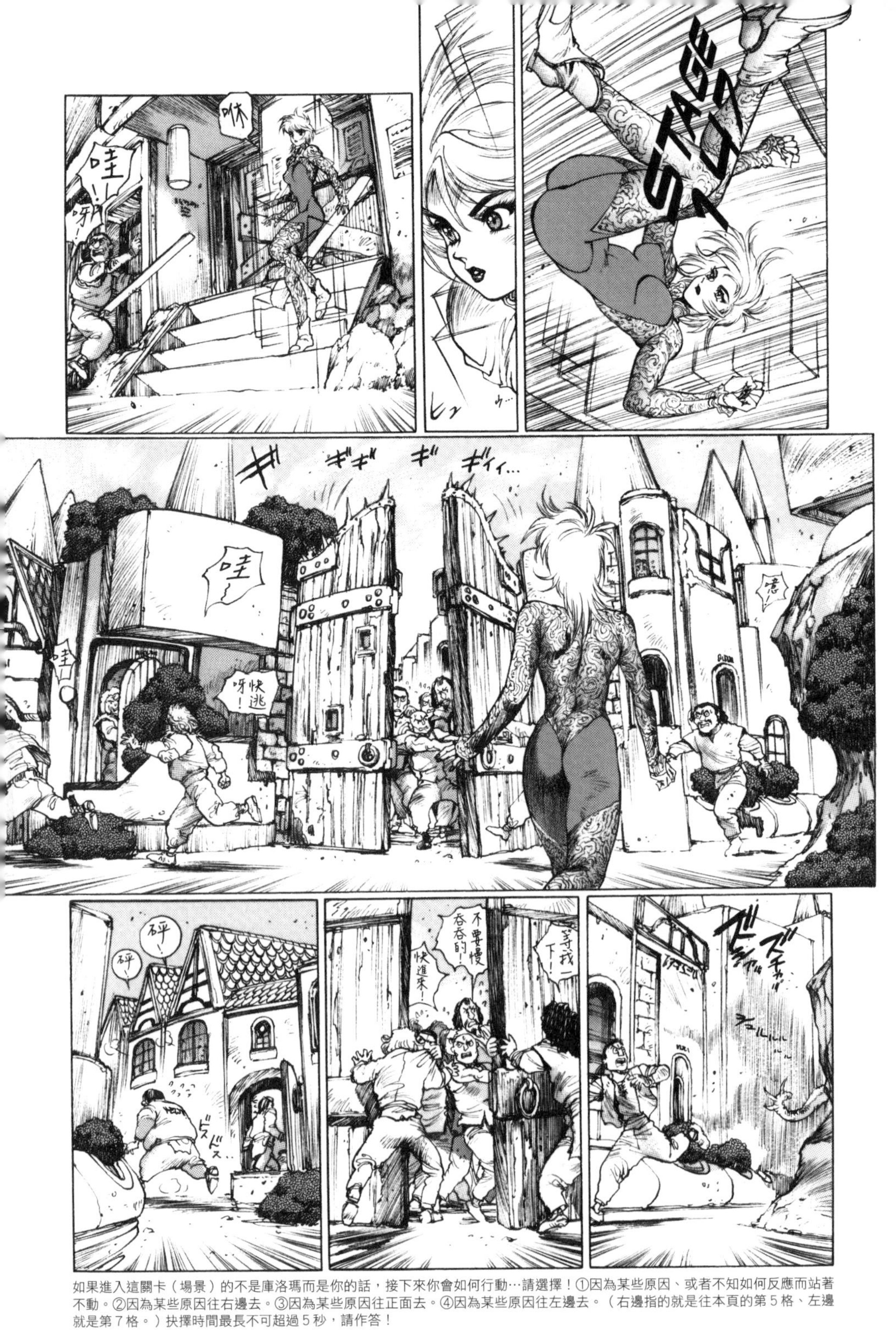

如果進入這關卡（場景）的不是庫洛瑪而是你的話，接下來你會如何行動…請選擇！①因為某些原因、或者不知如何反應而站著不動。②因為某些原因往右邊去。③因為某些原因往正面去。④因為某些原因往左邊去。（右邊指的就是往本頁的第５格、左邊就是第７格。）抉擇時間最長不可超過５秒，請作答！

順帶一提，素子是不受影響，但通常這樣一個遊戲空間還會內含有大致的情緒（恐怖、歡喜等等），玩家們必須體驗這些情緒而受影響。

FILE 3025
FILE 3026
FILE 3027
啊，看來像剛才這種小型選擇題的數量就是這卡片的張數——
但是如果這破關路線是要先設定完「預計通過多少數量的關卡」
嗯～
才開始破關的話就說得通了吧…？
咻
這是不是會對第2次進來的玩家設置不同的障礙啊…？
也可能是用來累積金錢或經驗值的路線…
EXIT EXIT ENTER
ゴボン…

在本作品中，從電腦空間（cyberspace）回到現實世界這件事被稱作「醒來」。像庫洛瑪這樣的全身機械化生化人（雖然在此是終端機的代理身體），比起只做過電子腦化手術的人更難以醒來。

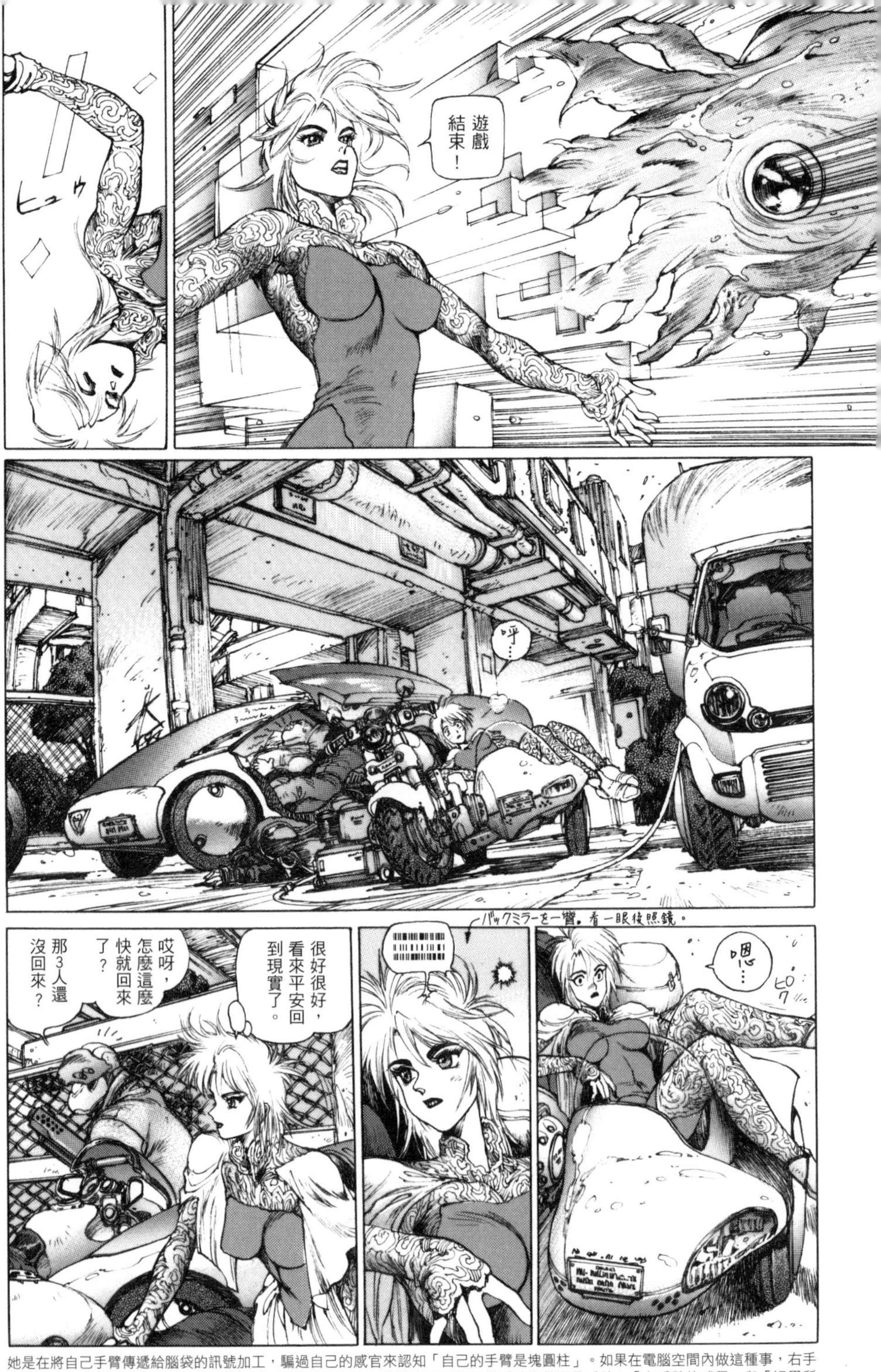
ヒュゥ
遊戲結束！
呼…
うーん うーん
バックミラーを一瞥。看一眼後照鏡。
嗯…
ピク
很好很好，看來平安回到現實了。
哎呀，怎麼這麼快就回來了？
那3人還沒回來？

一般的電子腦人類之所以比全身機械化生化人更容易醒來，是因為他們會因為不受意識控制的身體需求（飢餓、排泄、睡眠、血液循環不良造成所謂睡覺翻身等等）而起床。當然這也可以透過藥物來做到一定的控制，但也不可能持續好幾天下去。即使沒做過電子腦化的人也常會有這樣的經驗。當我們在玩遊戲、看書、講話、埋頭創作時，照理來說睡意、飢餓與血液循環不良都具有打斷這些行為的力量，你是不是如此呢？

她是在將自己手臂傳遞給腦袋的訊號加工，騙過自己的感官來認知「自己的手臂是塊圓柱」。如果在電腦空間內做這種事，右手臂就會被（視覺、觸覺）感知成一塊圓柱，而在現實世界裡就像上面那格那樣手臂當然還是手臂，「右手臂的感覺」與「視覺所看到的右手臂、左手觸摸所感受到的右手臂」就會產生差異。聽起來很唬人喔～

這怎麼回事?!!
咻
咻
咻
啊!!
追跳進出口的!左邊!
這不是出口啊!!?!
她到底跑哪去了?!
快離開關卡!蟲子要爬過來啦!!
嗚,哇!!

程式給停權了沒法執行呀!!
好痛哇!!
先想辦法解決這些蟲啊!!
嗚!
糟、糟糕!變迴圈了!
被咬的傷口消失了?
各自進去不同的分歧口!!
branch gate
跟剛才一樣啊!
還不能變更程式嗎?趕快
我這裡也是!
嘎啊~~~!!
啪沙啪沙咕嚕

明明只是做初步調查怎麼會花這麼久的時間哩……
已經破紀錄嘍……
該不會攻性防壁給燒了吧？
如果被敵方逆向追蹤包圍這裡的話，可得讓我先離得夠遠再開始幹架唷。
妳不是信賴老闆的搜查能力與入侵能力才委託他調查的嗎？
如果100%信任的話我就不會用這代理身體（人體終端）過來，
連線講一下就好了嘛。
你老闆用的是我組裝的防壁陣列，所以被反擊時也容易篩選出對手的類型……這你知道吧？
！

媽媽媽媽——
隔壁出事啦
跟我們無關!!
可是牆壁~~
哎呀呀…
老…老闆!怎麼…?!
你老闆被對手壓制啦!你最好不要跟他通訊唷…
鏗轟!!
噗咻
不知道交給他的採樣有沒有被處理掉了…
真糟糕——情況不妙,該撤退了嗎…?

庫洛瑪小姐！
！
?!
不知何時給他趁虛而入了！
是完全未知的AI!!
這還你！這案子我真的不能接……
這樣啊。
那個藥罐子眼鏡豬原來是影武者（終端機）啊…
不過這看來也不是本體（original）呢
抱歉我可要閃人了，
那些來找你的客人與我無關唷！

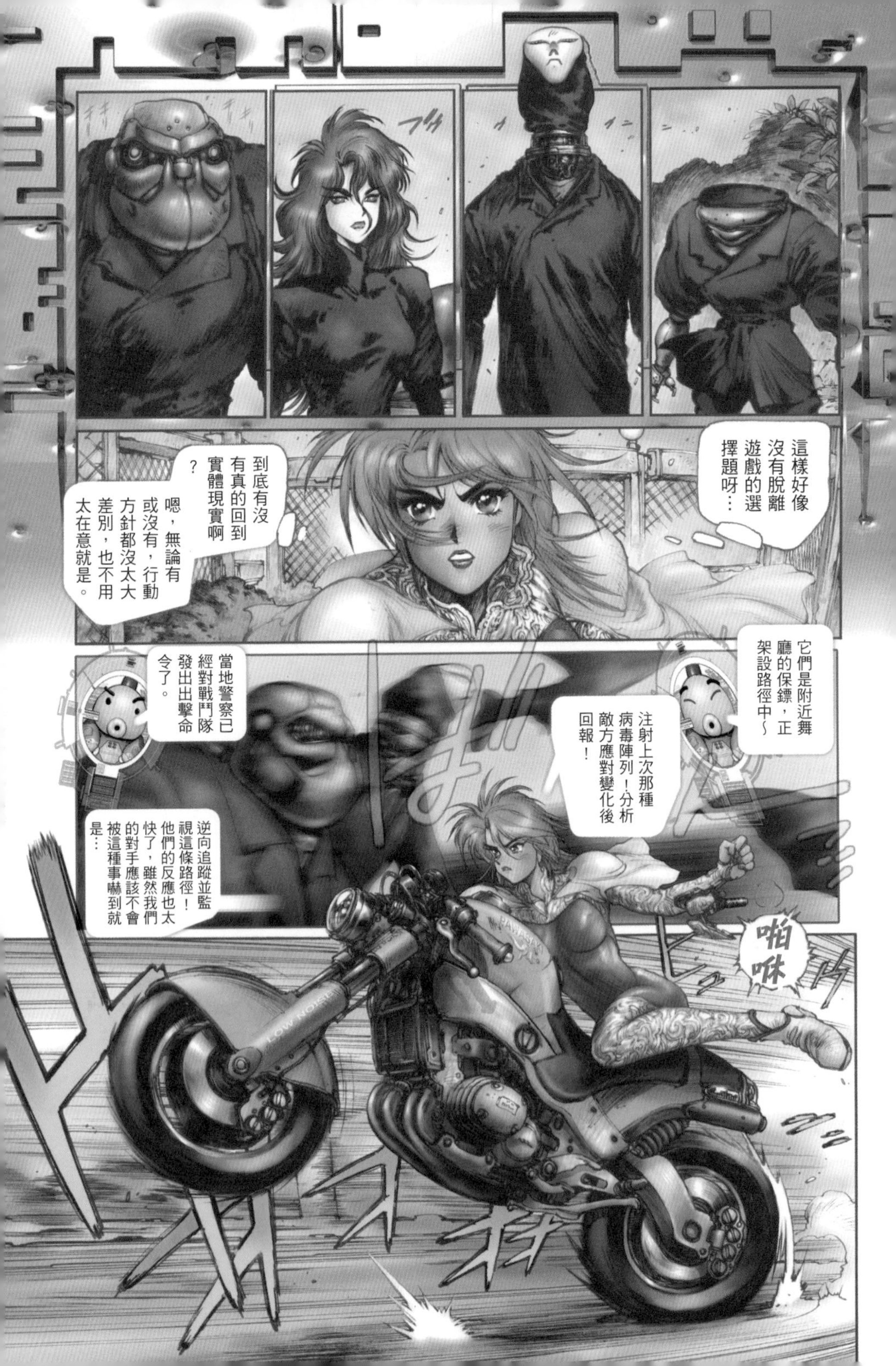
這樣好像沒有脫離遊戲的選擇題呀…
到底有沒有真的回到實體現實啊？
嗯，無論有或沒有，行動方針都沒太大差別，也不用太在意就是。
它們是附近舞廳的保鏢，正架設路徑中～
當地警察已經對戰鬥隊發出出擊命令了。
注射上次那種病毒陣列！分析敵方應對變化後回報！
逆向追蹤並監視這條路徑！他們的反應也太快了，雖然我們的對手應該不會被這種事嚇到就是…
啪咻

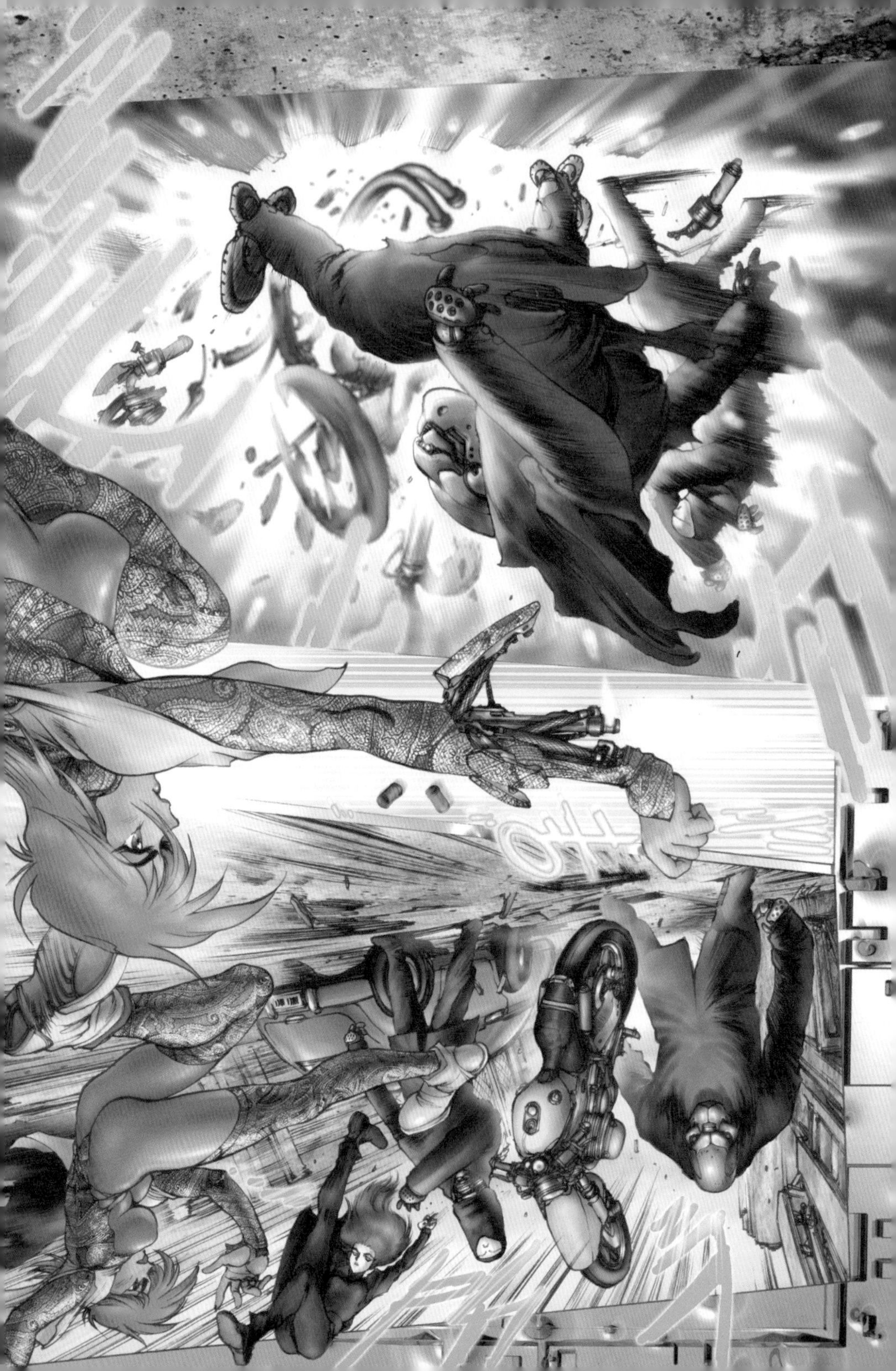

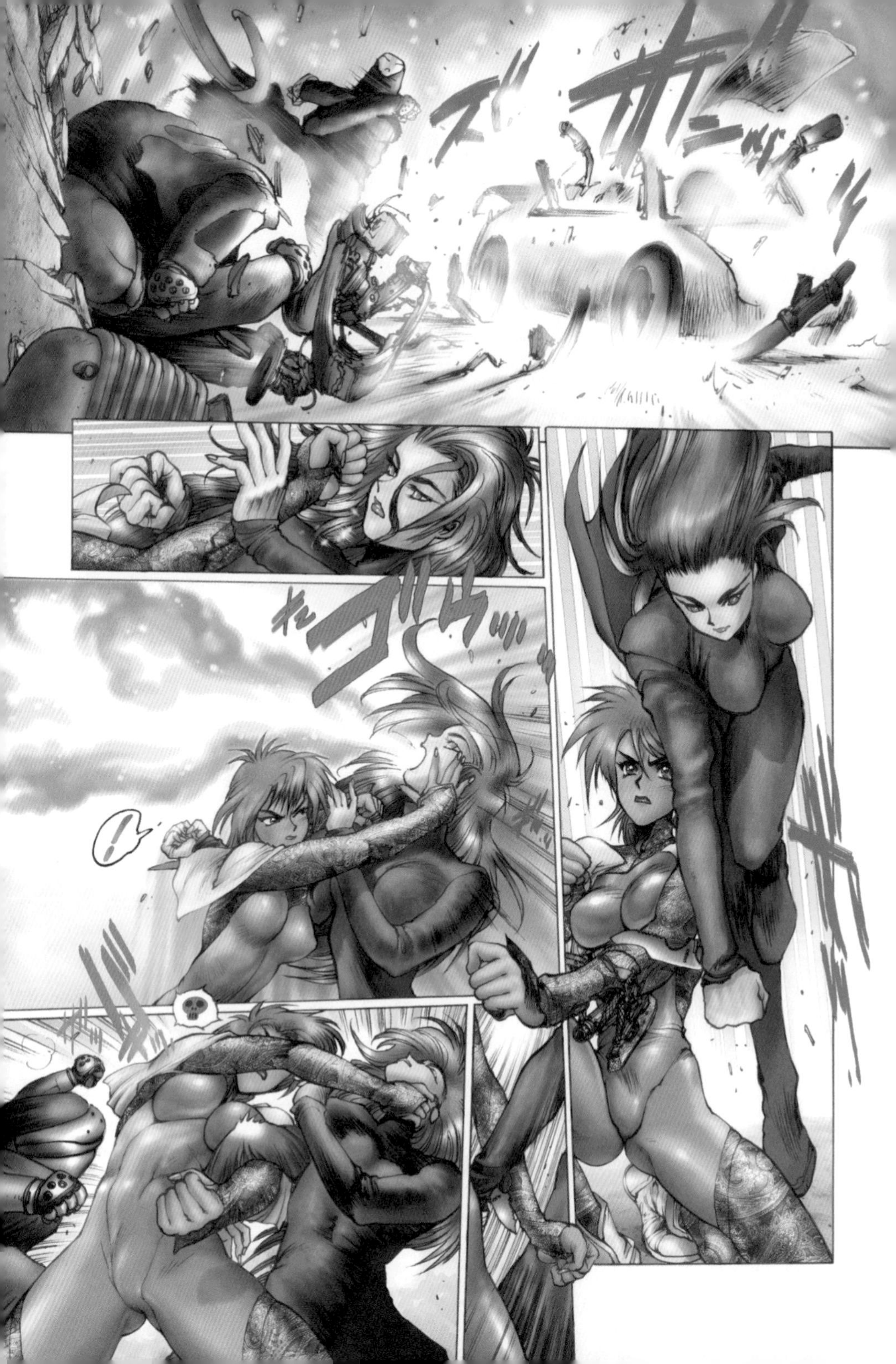

呼

庫洛瑪是遙控型的人形終端機，所以其實被打到時不需要閉眼，踢人時也不用大喝來吐氣，這裡只是依循操縱者的反射動作，並無意義。

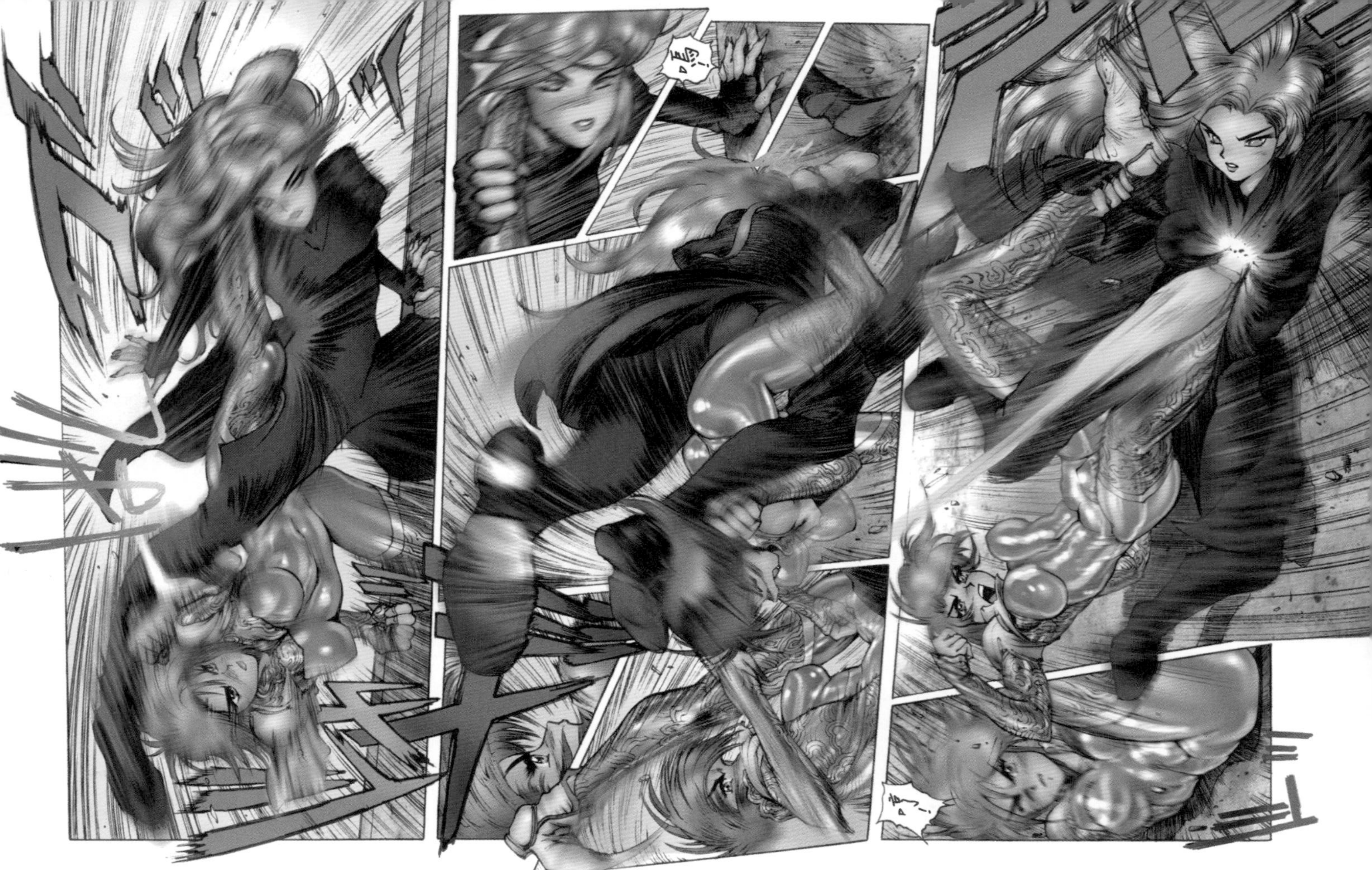

市面販售格鬥軟體：指的是進入戰鬥模式後會自動根據身體構造強度與威力（預先設定好）進行格鬥的程式類型。

12小時後出現非指定連結時放出地雷並消磁銷毀！
嗶
是！
洛基，去日本大阪的西娘大飯店，裝上捕鼠器後待命。
嗶
我可以做構造解析嗎？
冬眠後是可以啦。
耶～
嗶

→這是在爭取時間，所以前往任何地點都可以。開車就開安置在附近的車，旅店則使用有定期維護的房間。這是為了讓庫洛瑪行動8小時作為引敵的誘餌。

構造解析到底有什麼能讓你們這麼興奮勒？

嗡…
通過樹叢是為了阻隔大型尾隨物體。樹叢的範圍越大越能夠讓對方跟丟，不過這也需要行動迅速。
噗通
翅膀和腳要好好洗乾淨——
噗
嗯?!

糟糕！被綁上追蹤器了！
去找哪個垃圾回收車把你自己丟掉！
嗶
是傲葛林那傢伙被騙了嗎？還是根本出賣我了呢？分析這來龍去脈可也得留心…
無論如何，這裡已經成了敵方的調查對象，不能不撤了…
大廳，這裡是71號房，我要長期外出，準備直昇機！
好的。
以等級5封鎖房間！
嗶
咻恰

這房間的封鎖裝置就與單行本第１集開場的大樓一樣，其玻璃窗會透過通電與亂數化振動的電磁波干擾使一般紅外線望遠鏡與雷射竊聽器失效。從內側影像的動態可以判斷亂數程度，一般都是被風吹拂晃動的樹木或水的倒影。另外還需注意到這扇窗還具有天線的作用。

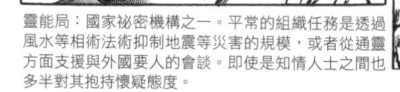

靈能局：國家祕密機構之一。平常的組織任務是透過風水等相術法術抑制地震等災害的規模，或者從通靈方面支援與外國要人的會談。即使是知情人士之間也多半對其抱持懷疑態度。

哪有知道靈能局還擁有公安9課專用通訊頻道的老百姓啊！
妳是不是哪裡有毛病啊?!
整備跟調校狀況都好得很哩。
嚴格來說妳講的那個不是我。
？
？
？
嗯～～～～～～我搞不懂啦，總之——
妳跟那個案子是什麼關係？
那個案子是哪個案子？
我很忙耶，沒事快滾吧！
妳怎麼可以這樣說嘛！
嗚
我說的是和現在當紅的網路巨蛋，
「聖母悼歌」有關的那件事呀。
Stabat Mater
我不知道妳在說什麼，
是不是哪裡搞錯了？
喵

我怎麼可能會對網路巨蛋那種東西有興趣勒…有夠沒品。
ババ
別這樣說嘛，有些也還是挺好玩的呀。
波嗶
看家模式啟動，嗶嗶
妳說那種讓全體觀眾以電子腦進入故事主角的共同體驗當中?!
那多沒主體性啊，遜。
我覺得大家都是樂意前來融合的沒什麼不好啊…如果我說「聖母悼歌」的人員駭進剛剛那4人的話，妳就會有興趣了吧？
才不會。
接下來換妳來講嘍。妳剛剛在那裡是要做什麼？
誰說要跟妳交換情報的？
我～
妳要是不講我就不幫妳～妳會需要我的幫忙唷～
へらへら
如果那些傢伙是靠演什麼《小豬物語》賺大錢的話我倒可以看看。
如果是這種案件那也不用我們出動靈能局啦。

唉唷，妳到底在那裡幹嘛啦～？
開2號匿蹤機飛往公司本部中央區。
是。
你用「巴特」連往日本公安本部的格技研，建立路徑確保安全後待機。

環與素子的所有對話都沒有發出聲音，算是以思考來達成溝通。

妳不講我要詛咒妳唷。
事關職業倫理，我不能講，
妳要是想搞附身那套，別忘記我這裡也有靈媒的技術也不差唷。
可惡啦～如果我可以跟不用受試煉的如來結緣的話，才不用花這些工夫…

像這樣的飛行機械其實不算「直昇機（helicopter）」而是叫「傾轉旋翼機（tiltrotor）」。在本作品中被設定為在商用或大眾運輸領域比直昇機或輕型飛機更為普及的載具。

雷射通訊圖。實際上如果不是在煙霧非常濃厚的地方，是不會看到這樣的光束的。雷射信號機是與視覺裝置交互切換。

前頁第2格：在機場待命9分鐘再到其他目的地，這道手續是為了甩開可能的監視、追蹤、尾隨活動。機場有許多小型飛機出入，只要衛星監控與管制雷達沒有被對方連線，是很難從遠距離被識別出來的。當然，素子飛往機場的航線也不是一直線前進，而會故意繞遠路來確認後方有無跟蹤。

＊不准亂丟垃圾

蟞米機器人（cebot）指的是公分（centimeter）尺度的機器人（robot），通常是稱呼1到10公分大小的類型。就像素子這種是蜂型的，許多蟞米機器人都是昆蟲造型。用來驅除害蟲或者維修管線的蟞米機器人大致都是集體行動而被大量使用，因此被稱為昆蟲子（insectron）。雖然是奈米科技的產物，但這種尺寸的機械不稱作奈米機械或微機械。

不對，剛從清掃局取得情報…看來車子與清潔隊員都是真的。
我們會用清掃局的通訊迴路指示清潔隊員停止回收、直接前往焚化場，看看追蹤器訊號的動向。
那我這裡會交由亞麻鄒去追蹤把那個拿給偵探、名叫庫洛瑪的人體終端機。
我要回去向聖母報告了。
ヒュゥ
啊！
?!?
我…我怎麼會跑到這個地方？這裡是哪裡？
哎唷，這傢伙有毛病！
J.N.T.

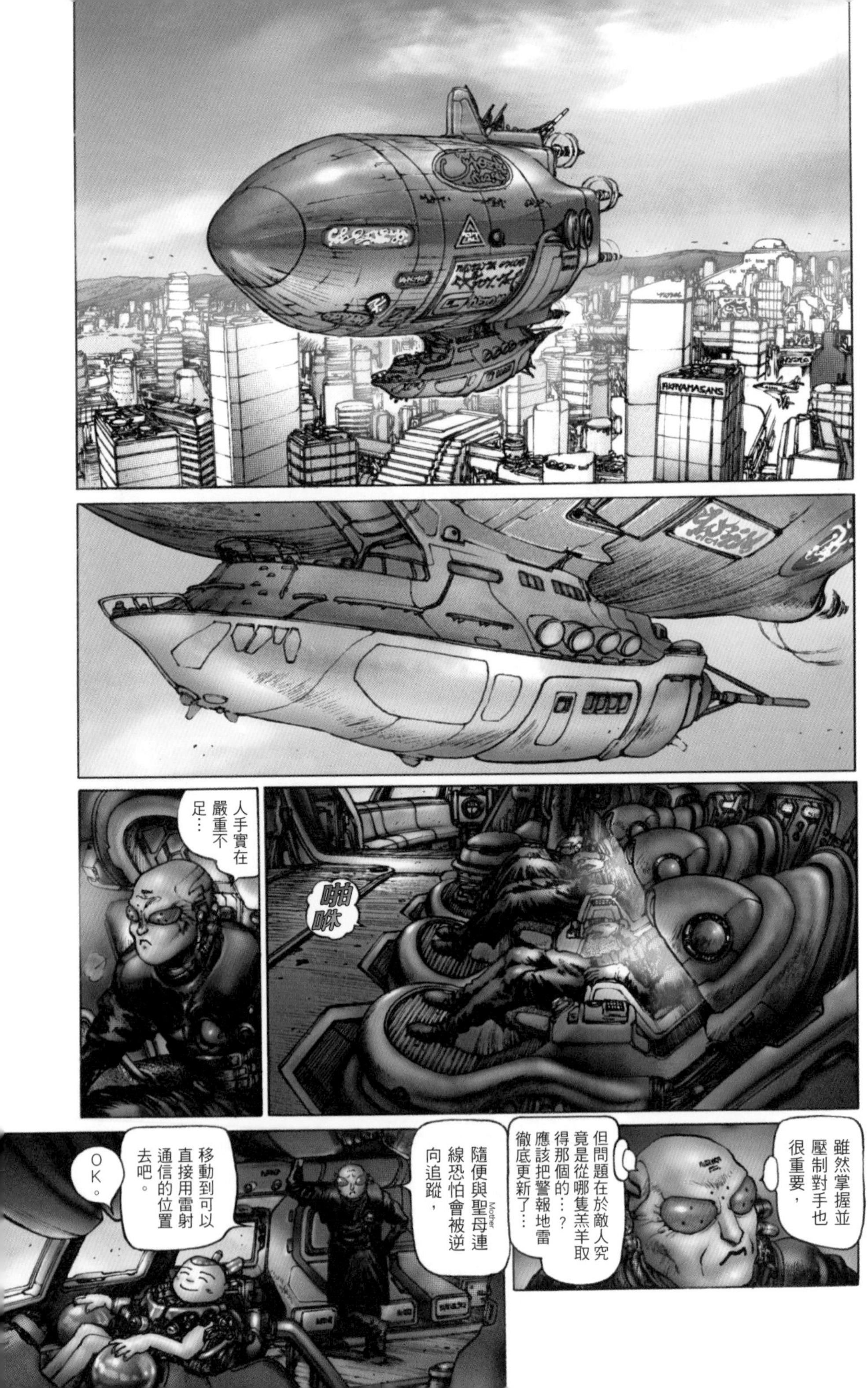

人手實在嚴重不足…
啪咻
雖然掌握並壓制對手也很重要，
但問題在於敵人究竟是從哪隻羔羊取得那個的…？應該把警報地雷徹底更新了…
隨便與聖母連線恐怕會被逆向追蹤，
Mother
移動到可以直接用雷射通信的位置去吧。
OK。

（聖母…輔萊克多以6號編碼P2加密傳來緊急報告。）
（檢驗通過—重新數位化完畢…請審閱。）
（羔羊唱名暫時中斷…戚離你設好閘口。）
（引這隻狼進來，餵牠毒羊吧。）

MOLD OF LIFE
05
MANMACHINE INTERFACE CONTROL PREFERENCES
ONLINE
ONLINE
CAUTION!
PROTECTION LEVEL-8

2035.03.06.PM01.54

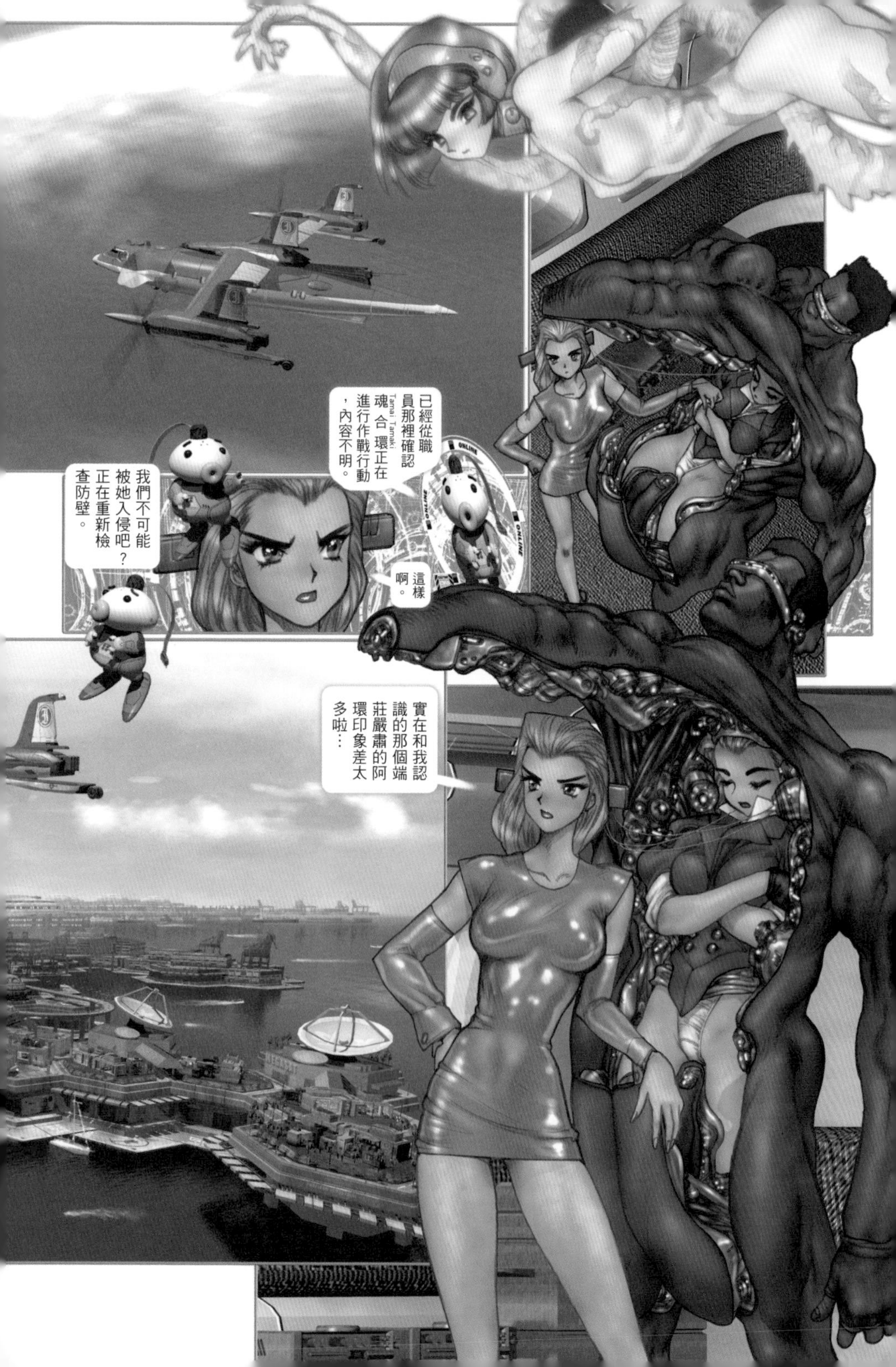
已經從職員那裡確認魂合 環正在進行作戰行動，內容不明。
Tamai Tamaki
這樣啊。
我們不可能被她入侵吧？正在重新檢查防壁。
實在和我認識的那個端莊嚴肅的阿環印象差太多啦…

剛才送去靈能局的局長主管撤退令也沒起作用嗎…？
波塞頓工業
公司總部浮動船塢

德卡同凱爾：本故事世界觀當中的超級電腦名稱，地球上僅存在 3 台這樣的電腦系統。
蛛網衛星：光通訊衛星網路系統的名稱。遇到通訊阻礙時能夠開啟複數條線路來應對。

太好了，我還以為你是那種午休不接通訊的類型。
聽妳這樣講，應該真的是有要緊事要找我嘍？
看過我的履歷了是吧？
我只是要借一下德卡同凱爾來對抗一些電賊而已！就怕又有人來搶占，我們商量一下吧？
看啦
啊—不行不行，雖然妳是中樞職員，但根本是公司內第一可疑人士，哪有可能讓妳進到公司最深部勒？
改改妳的計畫，別用超級電腦了。
拜託啦～
抱歉嘍。
小氣鬼！
好吧，那我只好把這案子交給保安部處理，然後去度我的特休假了。就交給你嘍。
別忘記把案發資料交給我耶。
對了，妳怎麼都不會向保安部申請護衛啊？會害我的評價變差耶。
…
要不要下次邊吃飯邊聊？我可以喔，那先這樣～
？
這女的真的很詭異。

我去人事部問過了，沒有可疑的金錢流通紀錄，也沒特別聽說什麼靠關係的八卦。
近身調查也做過了，他們部長與負責人一臉驚訝，相關資料好像都被當時的考核部回收了的樣子。
應該還是有靠什麼非常特殊的關係吧？她平常到底都做些什麼業務？
你再多蒐集點資訊，慎重一點。
說不定事關什麼上層的內部鬥爭，特別開一組人調查，特直接向我回報。
部長！她開始潛入網路了，傳輸內容不明，用手邊工具無法解開！
而且還以極快的速度一直切換中繼點！
至少試著判讀推測出她的連線目的地！
羽生！德卡同凱爾的主任研究員有多少人目前離開研究設施？
咦？現在是午餐時間，大概有三分之一的人吧，我查查唷，等等…
有28人。怎麼了嗎？
那個什麼電賊可能只是荒卷部長為了接觸德卡同凱爾而胡謅的。3班專屬警備中調出2班與非電子腦人員交替吧。
了解。

喬斯！
唷，怎麼是你？真難得。怎樣？
要把德卡同凱爾的備援完全獨立出去？
喂喂喂，就算你是保安部長，這沒有社長許可…
緊急情況？好吧，你要負責唷，這都會列進正式紀錄喔。
幾秒鐘就搞定。
不過那又不是解放型網路，不被直接接觸的話不會被污染啦…
畢竟那些光電子腦的防壁與知覺抗體都屬於不同的規格。
喀喳
等社長午休完畢我會順便問他，
現在德卡同凱爾都在做什麼？
嗯…火星旅行用的冬眠基因…木衛二計畫環境釐米機器人的模擬…主要是這些吧。
還有一個是公司外特別小組的極機密研究。

嗅嗅
嗚…
？
咚

嗡嗡嗡
哎唷好油…
嘰
叮…
啊！

噗哈
トン!
嗶
喀咻
嗶
喀
呼…

叩叩
請進！
碰
有位德卡同凱爾主任技師不見了。
唉唷，真糟糕⋯⋯
為確保安全，必須留妳在這別走！
該不會你是忍受不了別離，想留我下來？
抱歉啦，我有社長給的特別通行證，
況且咱們都忙，下次再一起吃飯吧。你先去買件好一點的襯衫。
先這樣嘍。

視線誘導技術：這不是高科技裝置的名稱，而是變魔術時形容魔術師技術的用詞。在體育裡面稱為假動作、佯攻的也是一樣的技術。只要能在適當時機秀出足以吸引對方注意的要素或動作，就可以導引對方的注意目標或短期記憶，大致是這意思。

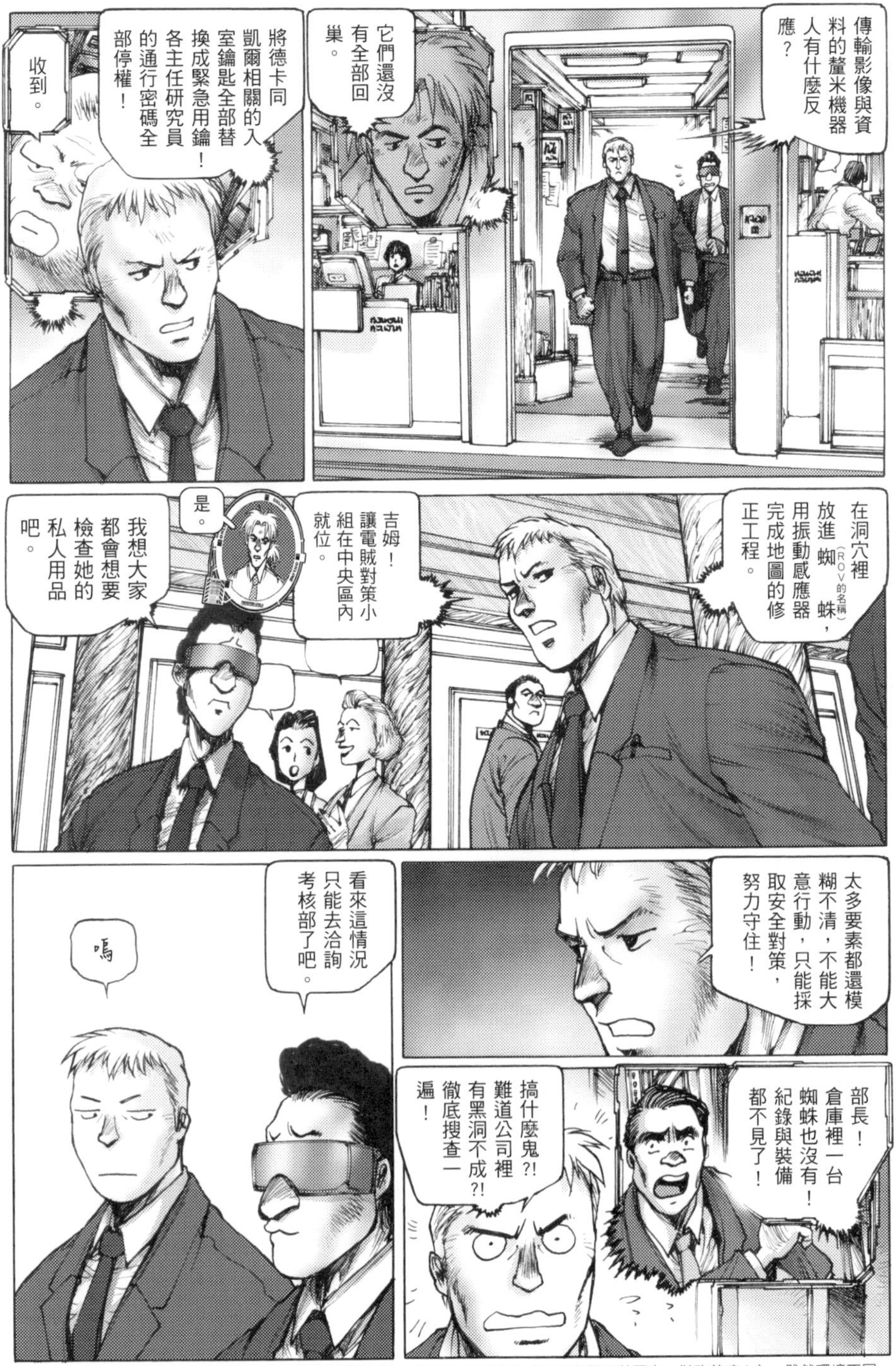
傳輸影像與資料的蜚米機器人有什麼反應？
它們還沒有全部回巢。
將德卡同凱爾相關的入室鑰匙全部替換成緊急用鑰！各主任研究員的通行密碼全部停權！
收到。
一
在洞穴裡放進蜘蛛（ROV的名稱），用振動感應器完成地圖的修正工程。
吉姆！讓電賊對策小組在中央區內就位。
是。
我想大家都會想要檢查她的私人用品吧。
太多要素都還模糊不清，不能大意行動，只能採取安全對策，努力守住！
看來這情況只能去洽詢考核部了吧。
嗚
部長！倉庫裡一台蜘蛛也沒有！紀錄與裝備都不見了！
搞什麼鬼?!難道公司裡有黑洞不成?!徹底搜查一遍！

我聽說美國陸軍準備進行步兵重裝甲化、機動裝甲武器的小型高速化等變革（海軍與駐日美軍也一併改革嘛！）。雖然環境不同、而且他們又是以海外戰爭為前提，目的大相逕庭，但（以前我也講過）日本的陸海空三軍是不是也應該與時俱進做出大規模改革？像現在海軍與海上保安廳這樣的體制等於一直沿用二次大戰時期的概念至今，真的沒問題嗎？陸軍真的足以應付都市內的游擊戰嗎？不過我是不希望拿核動力航艦常駐東海交換駐日美軍撤退啦…這沒辦法嗎？

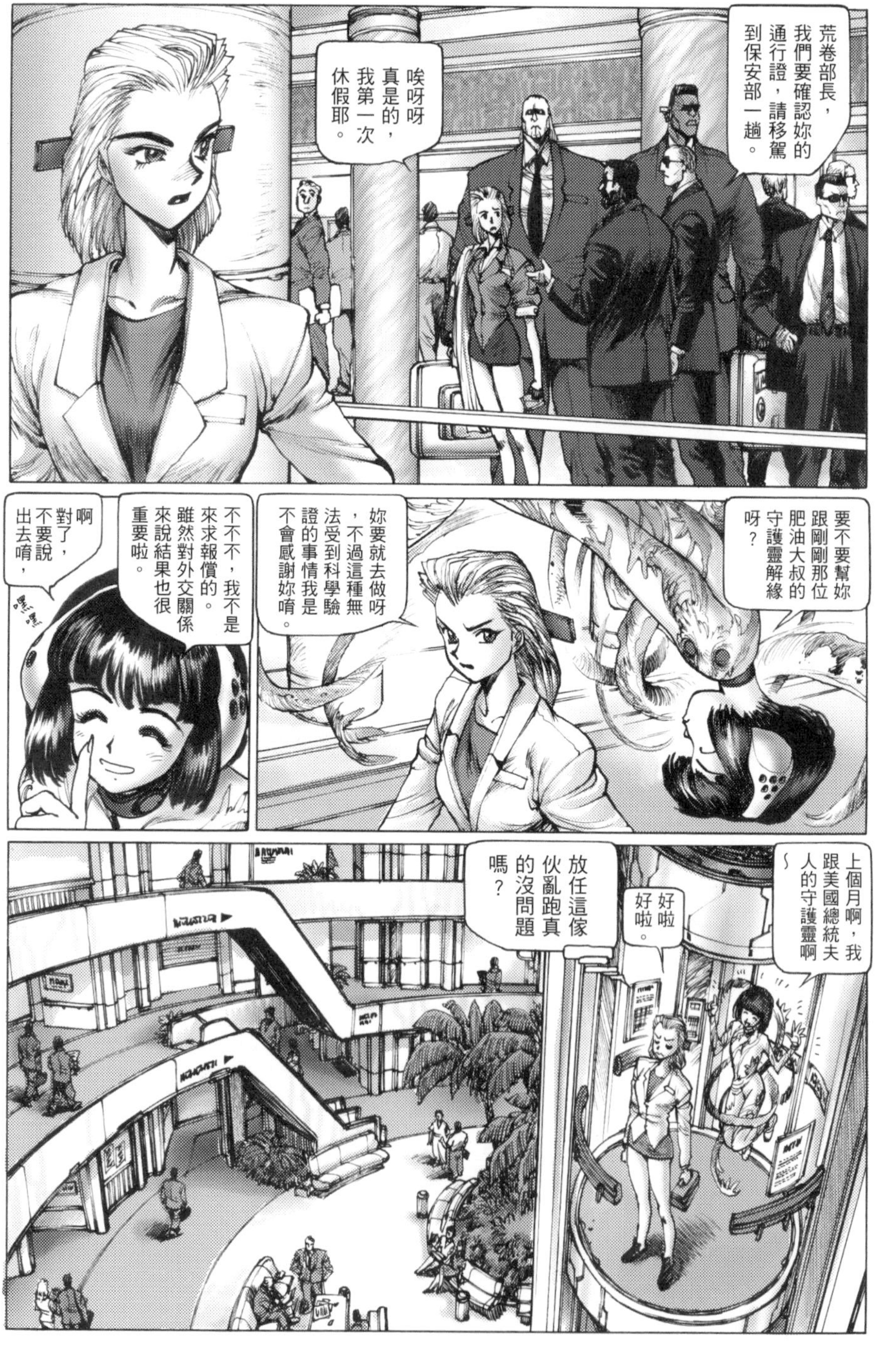
荒卷部長，我們要確認妳的通行證，請移駕到保安部一趟。
唉呀呀真是的，我第一次休假耶。
要不要幫妳跟剛剛那位肥油大叔的守護靈解緣呀？
妳要就去做呀，不過這種無法受到科學驗證的事情我是不會感謝妳唷。
不不不，我不是來求報償的。雖然對外交關係來說結果也很重要啦。
啊對了，不要說出去唷，
嘿嘿
上個月啊，我跟美國總統夫人的守護靈啊～
好啦好啦。
放任這傢伙亂跑真的沒問題嗎？

真夠衰的，至少讓我好好吃頓午餐好不好？
你可別恍神漏看了什麼呀。我這兒影像訊息很不清晰，可沒法幫你看耶。
啊！
這什麼?!
是蜘蛛啊…
嗡
咻
喂！怎麼了?!沒事吧?!
我只看得到一片牆壁而已啊！
!
噗利
~Z Z Z Z Z…Z…
6I0BY

α-C
!
?!
嗚…
叩
主任！荒巻部長竟然出現在德卡同凱爾的入口處…?!4名警衛倒地，是否要讓A15與16機動小組前往現場？
欸?!
部長?!
摁
非常用

那女的怎麼到德卡同凱爾了?!
不是把她拘留了嗎?!
咦?她在我面前呀…?!
哎呀，忘記切掉警報器了。

羽生！你沒有改成緊急鑰匙嗎？
改啦！全照規定來，你看在這呀。
那房間不是用電子密碼鎖，也不是兩支起子可以撬得開的便宜貨呀！
恐怕是她事先就在哪打了備份…
弄走主任技師竟然是要引誘我們把鑰匙換掉嗎?!
哈嘍～大家好，打擾嘍～
他們怎麼集體午睡呀？吃飽就睡會變豬唷。
是催眠瓦斯與潛伏型病毒啦。我從7區倉庫弄出來的…咱們公司的產品都很優秀唷。

妳這不是計畫型犯罪嗎？
不要講得這麼難聽啦，就是對抗電賊的普通措施呀。
我本來就是為防緊急情況需要取得控制才布下這些，只是這次不小心派上用場而已。
怎麼講這還是犯罪嘛…？
嗯～～
我看我應該幫妳驅驅妳的覺氣才對。
サトリケ
我倒是很想把妳給驅一驅。
領多少薪水辦多少事嘍。
好，
みし

經過德卡同凱爾的各條通風口內部有12處足以讓人體或可變義體通過，其中8處已經被蜘蛛給擋住了。
吉姆還塞在通風口裡睡著？快把他拉出來吧！
編制配備裝甲服的突擊小隊，前往中央區！
收到。
祕書室！我要聯絡社長！非常緊急！
咦!!
社長目前因私人理由外出中，聯絡不上他唷，請再等等。
真是的…今天怎麼諸事不順啊…

唉呀…今天還真是不怎麼順遂啊～
如果能在這設下一堆更穩當的機關的話就可以循正當管道進來的嘛…真沒辦法。
↑德卡同凱爾（獨立機）端子
特別加厚的防壁＆替身套組箱↗
公司內ＬＡＮ一般網端子↑
要啟動裝甲服的病毒嗎？
等我下指示，現在先不要。
我們要從呼叫警察戰鬥隊那條路線開始追查嘍。衛星設定如何？
路徑陣列沿著3軸布局，所有攻性防壁待命！
這6小時之間，公司本部上空有17顆衛星，要怎麼與公司內路徑及德卡同凱爾聯繫？
布陣至平時容許量最大極限，要避開敵方的追蹤活動保持住距離唷。
大家拿出最高性能來支援！留心合體式病毒！
在系統開啟新的領域設定，設為最優先！
ONLINE
JVC-ONLINE
NEURO SYSTEM 8.8

午安，德卡同凱爾。
我想這AI沒有內建打招呼的功能啦。
INTER GATE
LEVEL-9A
MEGA GAIZ NEURO COMPUTER
CAUTION!
SYSTEM LEVEL 1
SYSTEM LEVEL 2
SYSTEM LEVEL 3
SYSTEM LEVEL 4
對系統注入素子檔案，以8組陣列設定高度戰鬥體制。
8台閘門只要被敵人突破就依序重建更新！
對8台誘餌設下3重處理負荷量最大的迷宮，
要設想敵人可能不只一位，分散設置，分開為4組各自待命！
與已知的所有衛星都連上線！
CAUTION!

素子M2：被軟禁的另一具素子（誘體）的名稱。

全種類攻性防壁開始運作！無相衝情況發生。
曾於Meditech第一工廠的器官移植豬使用的病毒已準備完畢。
攤開所有本案相關的已知情報。
地雷解凍陣列準備完畢。
從報警路徑開始追蹤。
來自公共終端機LP2568的通報。使用者是…找到了，連結當事人…
入侵成功…驗證腦部中。
發現病毒，從通信路徑逆向追蹤。是公共終端機CP92，看來是來自工業大學。
防壁突破…標定使用者，連結當事人…完畢。驗證腦部中。
看來是從多條路徑隨機連線的樣子呢。
紀錄已被抹除，硬電子腦殘留物已被覆寫，無法復原。
沒有符合的電紋登記…

從每次接觸點的反應時差來看，較有可能被敵方使用的衛星有78座，地區從東南亞橫跨到南海呀…
咦～妳怎麼不是要入侵聖母悼歌勒？
妳怎麼還在啊…要是妳能證明妳不是我潛意識產生的幻影的話我說不定會信妳吧。
妳這樣講好傷人喔…
隨著時間經過，訊息源的可能區域也產生偏移…對方在移動嗎？
這個路線…
竟然不受地形限制…
叫出這區的航空管制系統！

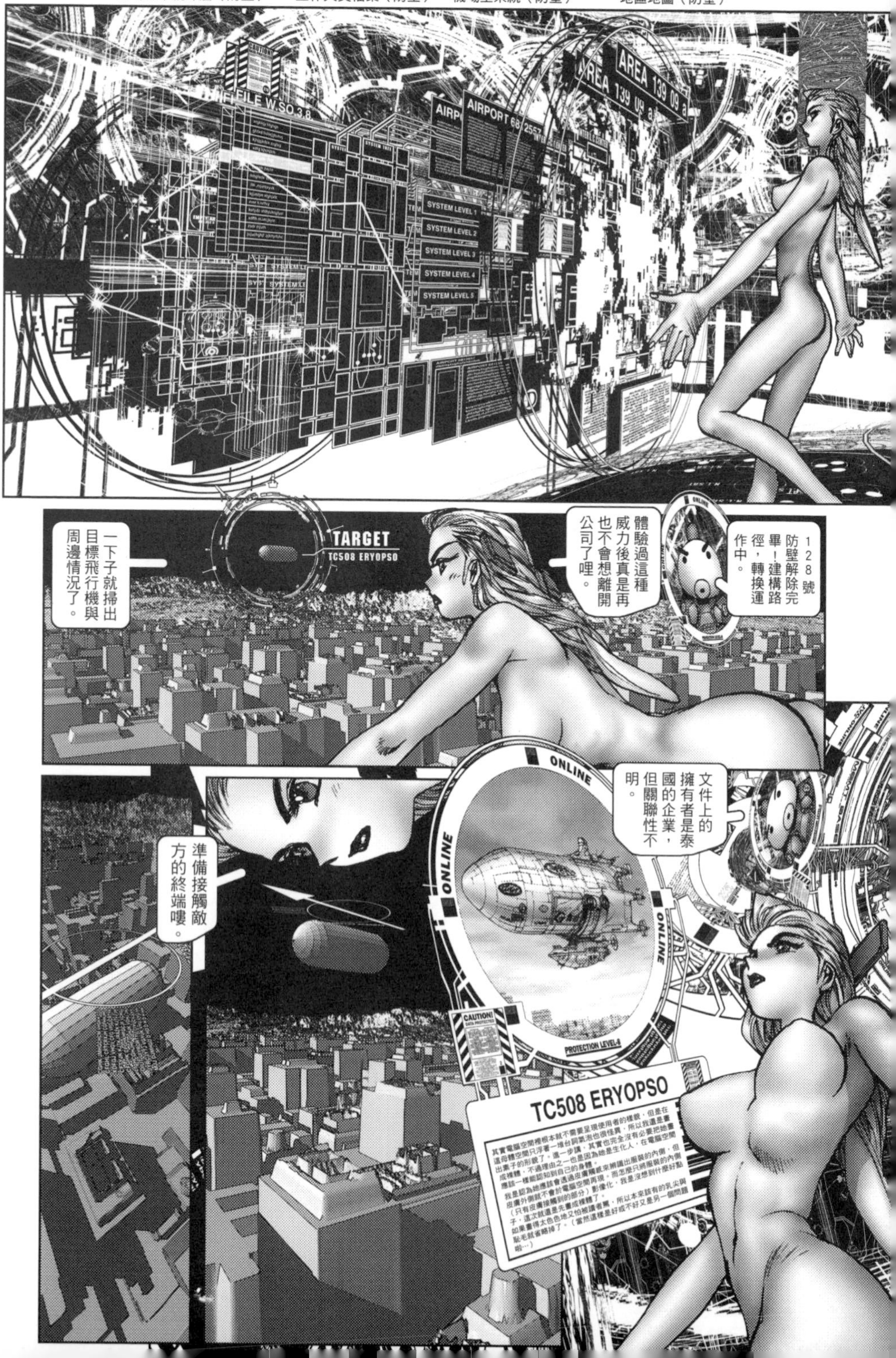
機場主系統深層（防壁）
工作人員檔案（防壁）
機場主系統（防壁）
地區地圖（防壁）
FILE W.SO 3.8
AIRPORT 68 2557
AREA 139 09 a
SYSTEM LEVEL 1
SYSTEM LEVEL 2
SYSTEM LEVEL 3
SYSTEM LEVEL 4
SYSTEM LEVEL 5
128號防壁解除完畢！建構路徑，轉換運作中。
體驗過這種威力後真是再也不會想離開公司了哩。
TARGET
TC508 ERYOPSO
一下子就掃出目標飛行機與周邊情況了。
文件上的擁有者是泰國的企業，但關聯性不明。
ONLINE
準備接觸敵方的終端嘍。
CAUTION!
PROTECTION LEVEL-8
TC508 ERYOPSO
其實電腦空間裡根本就不需要呈現使用者的樣貌，但是在
這母體空間只浮著一堆台詞氣泡也很怪異，所以我還是畫
出素子的形貌了。進一步說，其實也完全沒有必要把她畫
成裸體，不過理由之一也是因為她是生化人，在電腦空間
應該一樣能認知到自己的身體。
我是認為她應該會透過皮膚觸感來辨識出服裝的內側，但
皮膚外側就不會於電腦空間再現。而怎麼只將服裝的內側
（只有皮膚接觸到的部分）影像化，我是沒想到什麼好點
子，這次就還是先畫成裸體了。
如果畫得太色色地又怕被讀者罵，所以本來該有的乳尖與
恥毛就省略掉了。（當然這樣是好或不好又是另一個問題
啦…）

嗶
13909區域管制台呼叫TC508飛行機，請回答。
？
敵方應為第3級高度防衛體制的人腦，解除485號地雷，第56陣列擊中目標。
這邊是TC508…嗯？
管制台怎麼了？
嘿，輔萊克多你聽這個。
嗚
這些傢伙怎麼回事…藥物影響太嚴重了！投入全體感官太危險了…這種腦部自動化程度已經當自己不是人了！
最厚的防壁在…啊，在這在這。
哎唷，這布局也太簡單易懂了。

!
哇…這傢伙的身體也成藥罐子啦…
唉…我都有點暈了…
他的用藥是LCH205R抑制劑，劑量不明，連結修正中！
正如預料，這地方還真是夠奢華的啊…
推測其所在地點當中…可能區域縮小中…

完全防壁：一種迎戰體制，將主系統位址連接上在實體空間裡完全獨立的迎擊機台，對所有來自外界的連線注射好幾道不同種類的攻性防壁。是種「刺蛸脫殼」的狀態。一旦啟動就無法從外部以任何軟體關閉，只能從內部以實體關掉開關。

舞台：指的是以第2格這位人物作為導演所鋪設的電腦空間，與遊戲世界不同，這是用途偏重參與及鑑賞的戲劇空間。一種雙向電影空間。「聖母悼歌」是知名的娛樂（宗教？）集團，實體根據地在新加坡，雖然素子對這毫無興趣就是了。

在這個階段，由於素子尚未侵入米萊妮昂，所以沒有辦法遍覽整體系統，只能獲知飛行船駕駛～輔萊克多～單元28所擁有的資訊。素子所看到的這些要素並非聖母悼歌的全部內容。
補注一下，米萊尼昂（Millennium）原本應該取像「Millennia」、「Millennielle」、「Millenietta」之類的陰性名字才是。

單位 28 是從視網膜投影的視覺影像看到戚離的紀錄。雖然我們這樣看過去無法判別，其實硬體面已經被斷線，所以要從外部經由戚離連至單位 28 相當困難。素子是順著敵方的誘導而在戚離路線上將一個自己的拷貝送進去，利用單位 28 與舞台的導線偷偷打破了完全防壁的一角。

解除完全防壁！
戚離將這隻狼帶往我鋪設好專用領域的會客間。
喔～終於要碰面啦？
28
ガコン…！
！
SYSTEM LEVEL 1
SYSTEM LEVEL 2
SYSTEM LEVEL 3
SYSTEM LEVEL 4
CAUTION

米萊妮昂是因為職業慣例會以這樣的形體顯露在對手前面，素子則不會在米萊妮昂的視覺中呈現如我們所看見的形體，米萊妮昂只能意識到素子的存在而已，可以說感覺就像是黑暗裡的幽靈。

午安呀，我來歸還妳送上的禮物了。
就是那個拒絕讀取型的病毒嘍。我真的很好奇原擁有人會怎樣對付它呢。
啊…不過好像也都在預料之中，除了射擊領域內犧牲了一個中彈的誘餌以外…還想說能不能看到什麼更特殊的抗體呢。
這樣不就是跟師傅一樣的應對法？戰術陣列準備更新。
這個射擊領域…！？
敵方攻性防壁貫通第2層！第3層已被中和！
啊！
中招了！這病毒是與房間的搜尋資料合體而啟動！

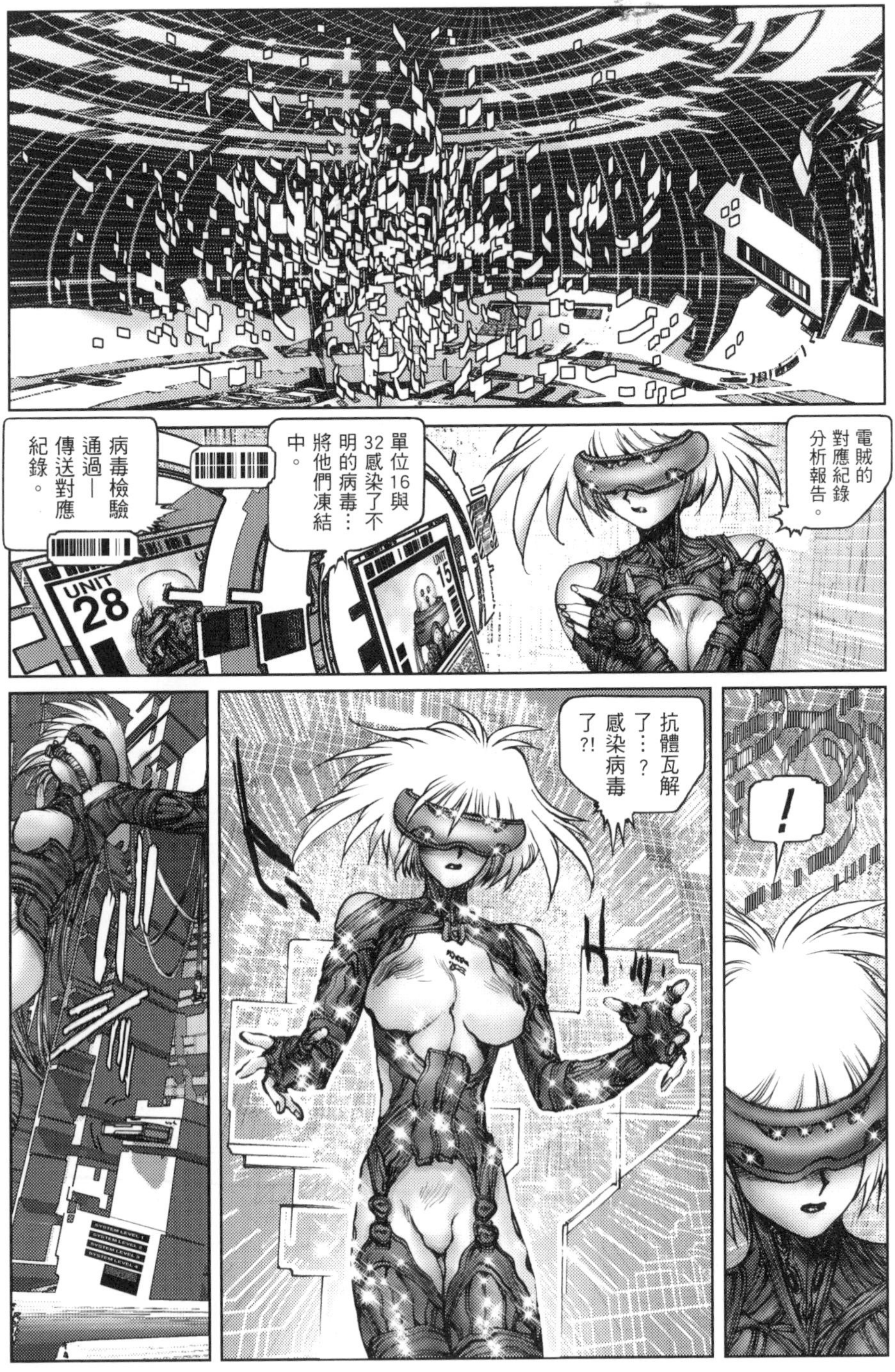

電賊的對應紀錄分析報告。
單位16與32感染了不明的病毒…將他們凍結中。
病毒檢驗通過—傳送對應紀錄。
UNIT 28
UNIT 15
抗體瓦解了…？感染病毒了?!
!
SYSTEM LEVEL 1
SYSTEM LEVEL 2
SYSTEM LEVEL 3
SYSTEM LEVEL 4

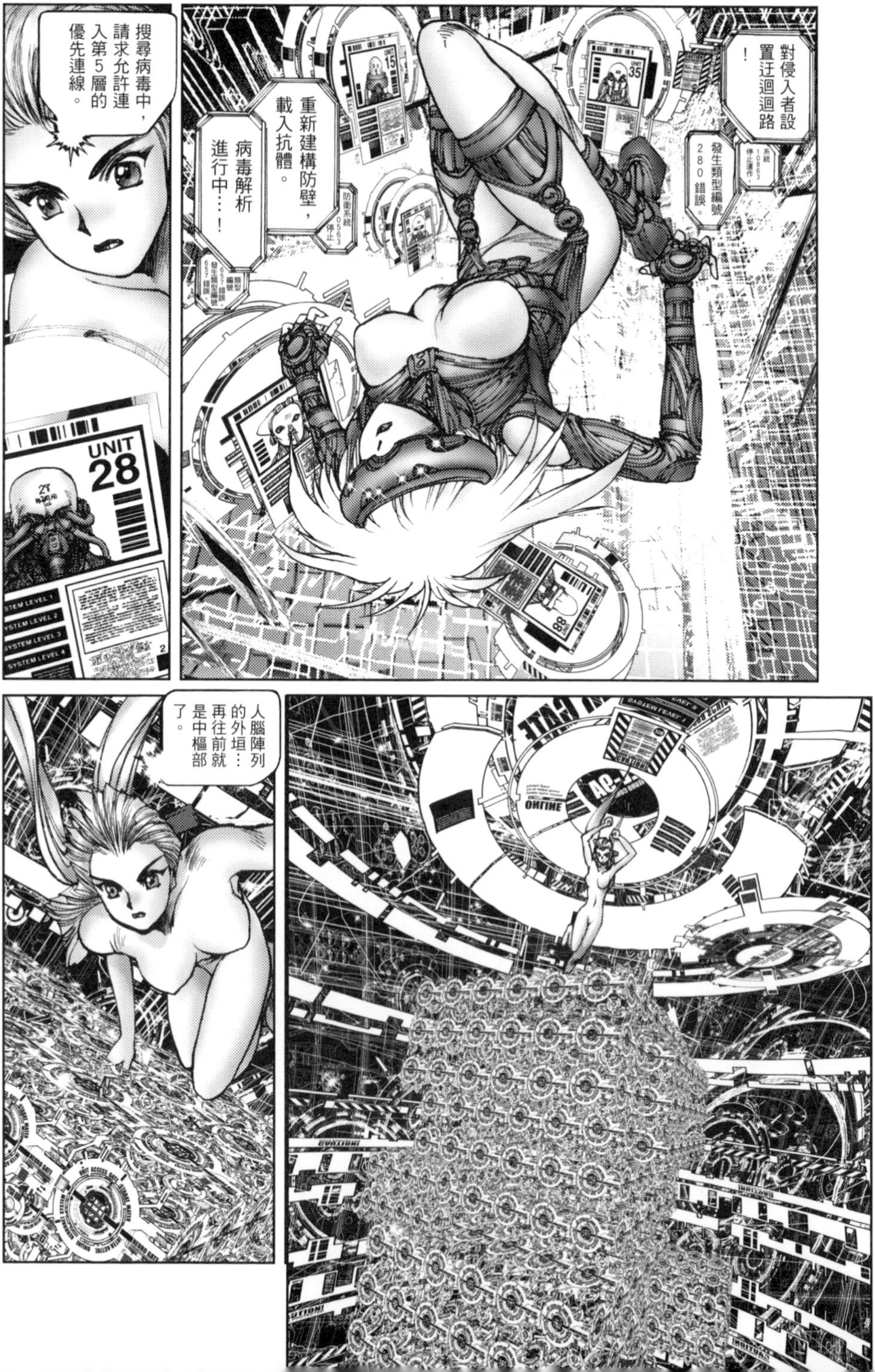

對侵入者設置迂迴迴路！
系統10863停止運作。
發生類型編號280錯誤。
重新建構防壁，載入抗體。
防衛系統0563停止
病毒解析進行中…！
類型編號657錯誤。
發生類型編號657錯誤。
UNIT 15
UNIT 35
搜尋病毒中，請求允許連入第5層的優先連線。
UNIT 28
SYSTEM LEVEL 1
SYSTEM LEVEL 2
SYSTEM LEVEL 3
SYSTEM LEVEL 4
ONLINE
人腦陣列的外垣：再往前就是中樞部了。

這裡所謂逆探，指的是確認或推測出敵方硬體的所在地、進行實體戰之意。就算無法確認精準位置，也可以對推測地區進行電磁波干擾、纜線破壞、衛星訊號攔截等阻撓方案。複垓茲級代表其硬體應當耗費了極大預算來加厚防護，這讓米萊妮昂知道她只靠著幾台遙控誘餌是完全不夠的。

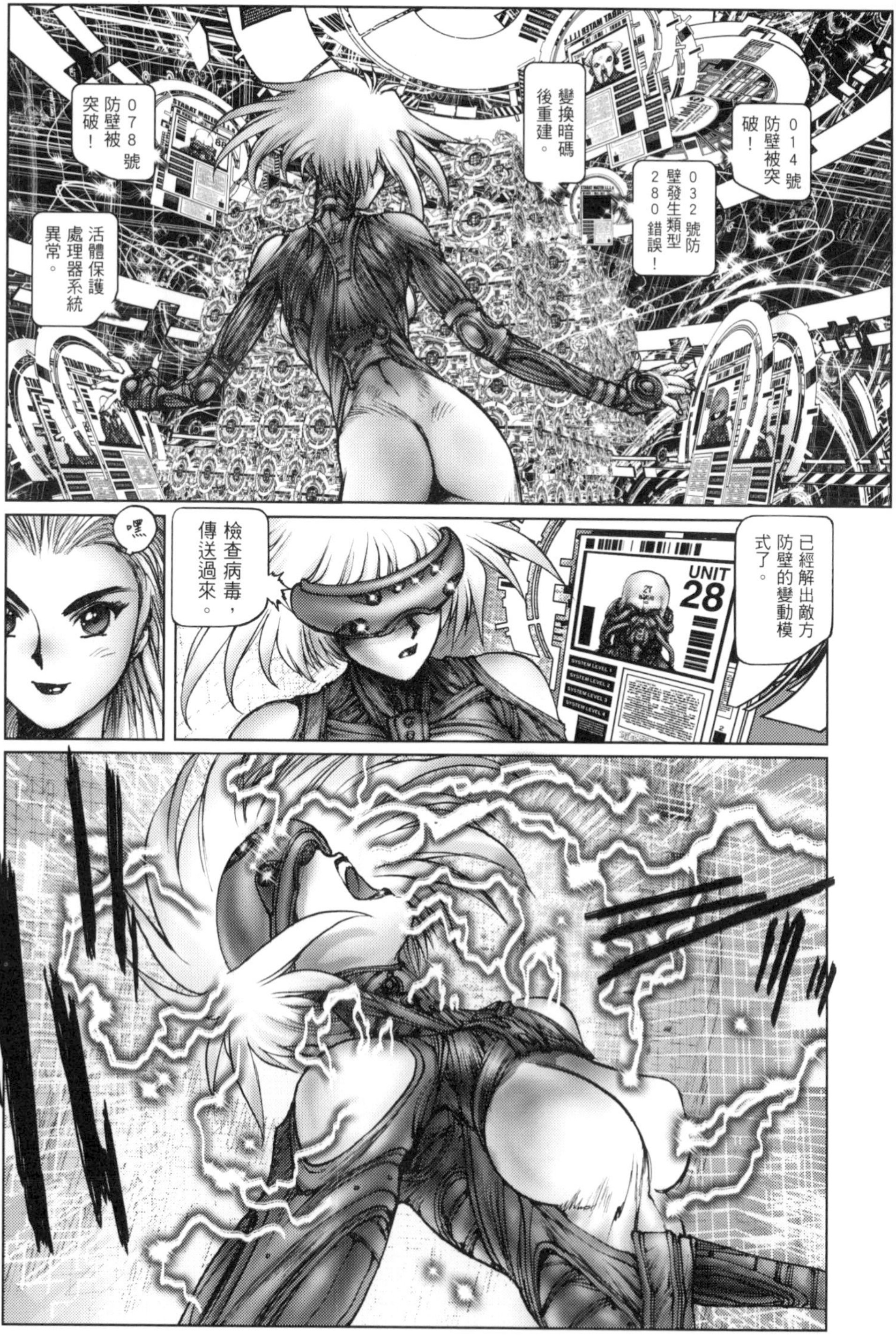
014號防壁被突破！
032號防壁發生類型280錯誤！
變換暗碼後重建。
078號防壁被突破！
活體保護處理器系統異常。
已經解出敵方防壁的變動模式了。
UNIT 28
SYSTEM LEVEL 1
SYSTEM LEVEL 2
SYSTEM LEVEL 3
SYSTEM LEVEL 4
檢查病毒，傳送過來。
嘿

壓制住啦？
當然。
看來我透過單位28每一次回報逐步送進去的合體病毒順利啟動啦。
就是從小小的縫隙裡一點一點鑽進去的意思嘍？
妳不要因為自己沒戲份就用那種口氣好嗎？
沒戲份？呼呼，妳確定嗎？
第6層防壁解除！準備連通！

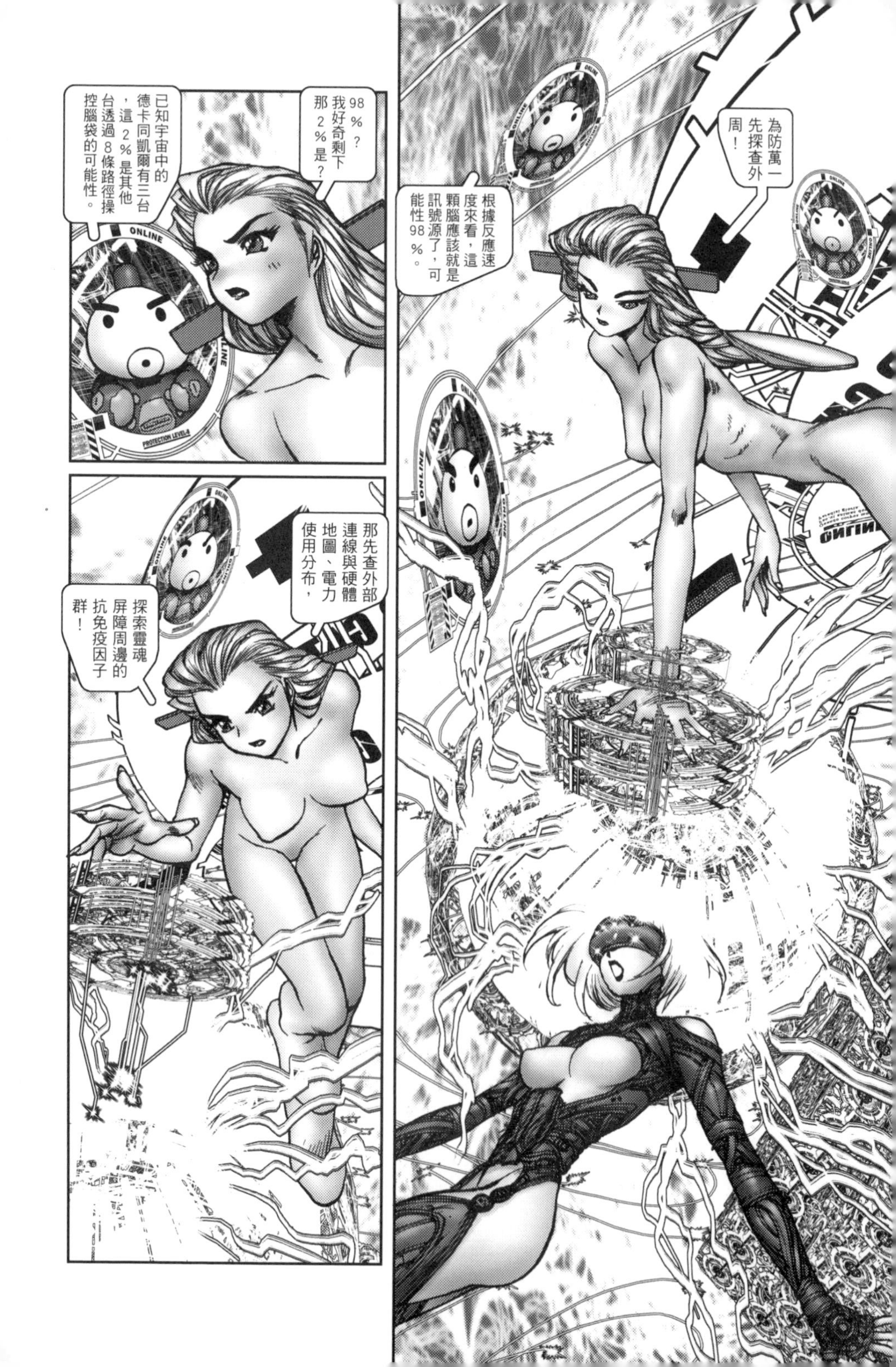
為防萬一先探查外周！
根據反應速度來看，這顆腦應該就是訊號源了，可能性98％。
98％？我好奇剩下那2％是？
已知宇宙中的德卡同凱爾有三台，這2％是其他台透過8條路徑操控腦袋的可能性。
那先查外部連線與硬體地圖、電力使用分布，
探索靈魂屏障周邊的抗免疫因子群！

我們不先查她襲擊Meditech的理由嗎？
那種興趣本位的要素以後再說！
蒐集襲擊相關資訊與對立者的資訊，盡速分析紀錄後就將她完全解體吧！
如果連第6層的動機相關要素都解體刪除的話，她的個性與人格將會難以維持唷。
那有什麼問題？
那麼多顧客在等待移植，我們要以他們的利益為先呀。
這只是對外的一部分說詞吧？
師傅！光端子的V7閘門很怪！
的確，這閘門不對勁。
沒有任何相關紀錄，發信登記也只寫上「反射」而已。
也沒有雷射終端伺服馬達的運作紀錄。
？

是固定光端子嗎？發出所有探查陣列！
使用所有想得到的方式探索那端子背後究竟是什麼！
於V7閘門周邊布陣、架設防壁陣列！
什麼?!
!!
DECOY-22
SYSTEM-DDMP.OI.
ONLINE

8台誘餌損傷達到等級E，神經燒毀，必須實體廢棄。
正在分析敵方病毒。
我們碰到真正敵人了！將防衛線推進到米萊妮昂的腦中！
第2抗體陣列崩潰中！
來不及修復！
敵人也是德卡同凱爾?!
急速重建路徑陣列！
柯南！馬克斯！試著從實體層面對敵方定錨！
是。
將地雷全面鋪設到米萊妮昂的腦中與敵方可能的路徑上！於全體區塊搜索敵人！

啊!
究竟來自何方…?
01號迷宮已被突破!
這不是已知的德卡同凱爾…?!這是…
竟然還有我不知道的同等級AI?
到底在哪?!

?!
時差比起在米萊妮昂腦部時縮小了?!
防壁變換檔案0．5892無法正常讀取。
開新檔！
入侵時的防壁變換模式追蹤率75%。
不經過中繼，表示敵方距離極為靠近？
公司本部裡？不對，周邊領空嗎？還是海中……等等。
從衛星高度來看是上下一直線啊。
紀錄上沒有太空梭也沒有太空站，我試著從天文台搜索敵人！
現在在公司本部上空有28座衛星……啊，有3座攻擊衛星，借用一下。

目標衛星　　攻擊衛星系統　　印度宇宙軍最深處（素子的自由通行系統之一）

玩具炸彈：在縮圖或 icon 等小檔案元素中埋下合體病毒零件而成。由於一般常包含在圖像當中，故被稱為玩具炸彈。雖然無法承載複雜的ＡＩ，但可被廣泛運用。

攻擊衛星的掃描情況為…
嗚嘎
馬克斯當機！解凍程序將…啊！
洛基當機，封鎖中！
但丁！調你回一軍，進行修復工程！
在馬克斯的病毒解凍結束後再接觸玩具炸彈的中彈報告。
我會封鎖它後待命。
一般搜索找不到目標設施的相關紀錄，持續搜索太空梭燃料備品等資料！
ONLINE
R.N.N.D
Astronomical Observatory Ma
N.S.A.A.O.
U.N.S.S.T
PROTECTION LEVEL-8
影像建構完畢。
HAWAII : top of Mt.MAUNAKEA
透過天文台群發現疑似敵方實體的衛星高度設施！正在編製影像！
雷克斯！防衛漢尼拔四周！

天文台只在這個座標上受到屏蔽。解除防壁！
竟然沒有被業餘天文學家發現呀。這是哪裡的軍用太空站？
沒有光學迷彩，外殼寫著漢字「冶金研究所」。
TARGET SYSTEM
STABAT-MATER
SYSTEM D
已對疑似天線的陰影部分定錨座標！
從公司本部航空管制部的雷射端子設定新路徑！
解析設施的建築材料！用附近領空的所有視覺系衛星對敵方設施座標定錨！
敵方掃描已侵入至德卡同凱爾第3層！
天文台主電源斷電！看來是整個地區都停電的樣子。緊急發電機啟動！
將全部地雷安置到地區的飛機、航空管制台與軍用設施，從天文台撤退！
連線進入敵方設施。
主力集中布陣在閘門周邊！

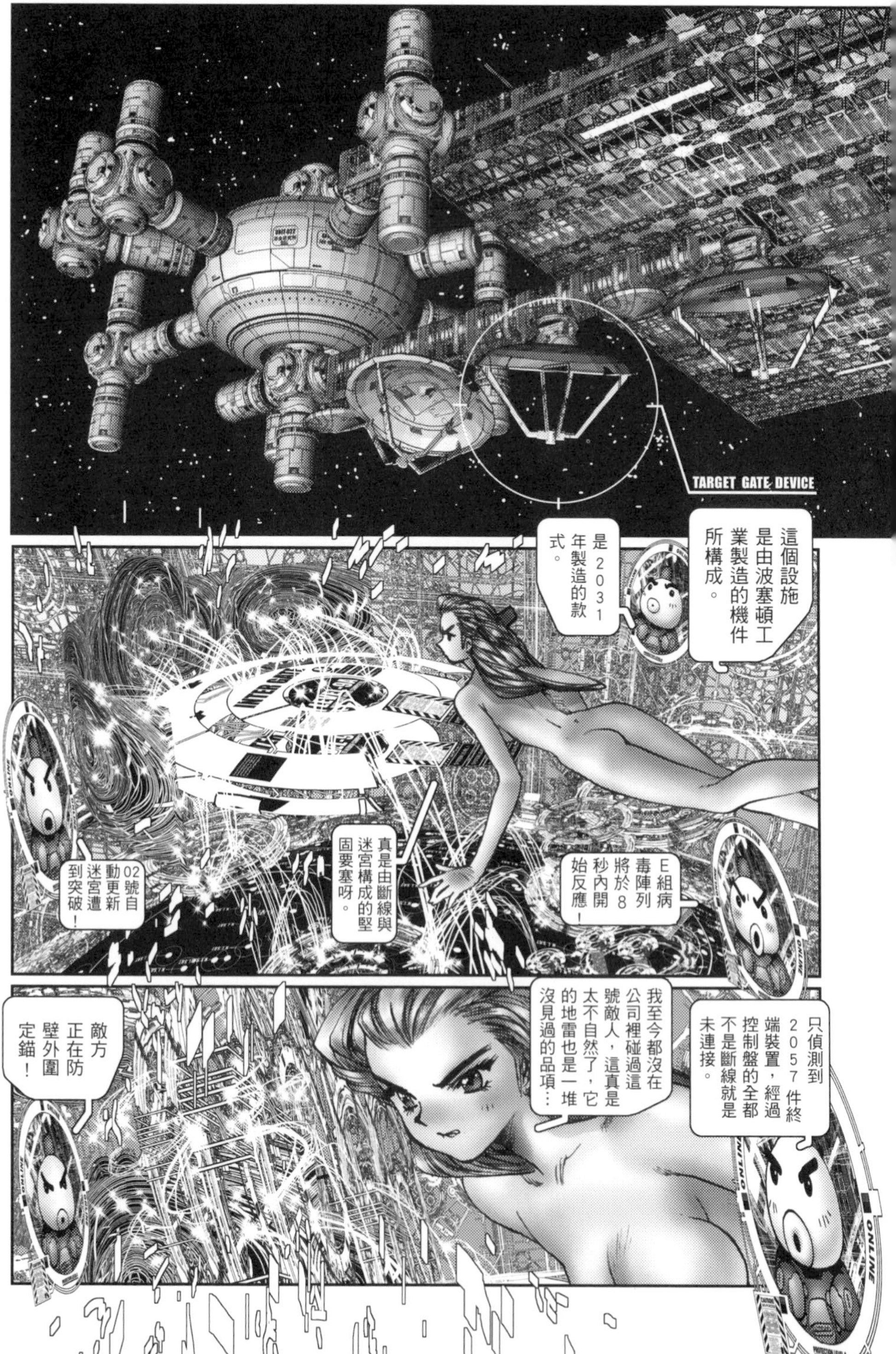
TARGET GATE DEVICE
這個設施是由波塞頓工業製造的機件所構成。
是2031年製造的款式。
E組病毒陣列將於8秒內開始反應！
真是由斷線與迷宮構成的堅固要塞呀。
02號自動更新迷宮遭到突破！
只偵測到2057件終端裝置，經過控制盤的全都不是斷線就是未連接。
我至今都沒在公司裡碰過這號敵人，這真是太不自然了，它的地雷也是一堆沒見過的品項……
敵方正在防壁外圍定錨！
ONLINE

師傅！腦部活性到達警戒範圍了！需要注射抑制劑嗎？
免。
讓這傢伙見識有機體的神祕吧。
主電源控制盤被單向斷線！這條路徑已不可能入侵。
我們的處理效率距離極限只剩2%左右了，快要熱當機了。
美軍太平洋艦隊的24號戰略原子潛艇的射控地雷出現啟動反應！
它變更航向往攻擊深度移動！
發動迎戰想定！從導航系統駭入！小心那些地雷！
將前幾天剛上太空的哈伯望遠鏡交換用第一反射板移動到敵方設施附近領空！轉換型態準備燒毀發電面板！
以視覺衛星確認了通訊浮標！
由於太空梭乘務人員當中只有一位有電子腦裝備，要占領需要一點時間。
D組病毒陣列在4秒內就被中和了！
L52防壁崩潰！敵人入侵德卡同凱爾了！
所有攻性防壁啟動。
有60%無效！
125台誘餌嚴重受損！控制面板被鎖定了！
L區的優先碼更新程序運轉中！

啊！
敵人攻性防壁與抗體融合，貫通防壁！第2武裝控制系統遭污染！
噗咻
噗咻
卡喳
卡喳
卡喳
卡喳
嘰喀
切除端子！瓦爾基麗，修復工程！
INTER GATE
偷造一台德卡同凱爾、暗布太空梭…能完成如此大規模的非正當工程，
一定需要完全操控某位高級職員才有可能…
敵人是否與襲擊社長個人有關？
這條路徑極有可能是陷阱，實在應該避開，但…
對方這樣的邀請我實在是不能坐視不管呀…
好，複製敵方先前的所有武裝！我們就用「鏡子盾」攻進去吧！

馬克斯，你復原了嗎？快查查德卡同凱爾特殊的危機預防機制與並列設定是不是有突圍點！
從社長秘書的緊急通訊迴路侵入社長！A1掩護隊形！
敵人入侵武裝系統內的迷宮！預測將於2分12秒後突破！
突破防壁！入侵社長腦內第4層。
其身體控制系統為金姆尼34，壓制完畢！
社長正在潛遊當中，要入侵第5層嗎？
不用，先連結實體身軀！

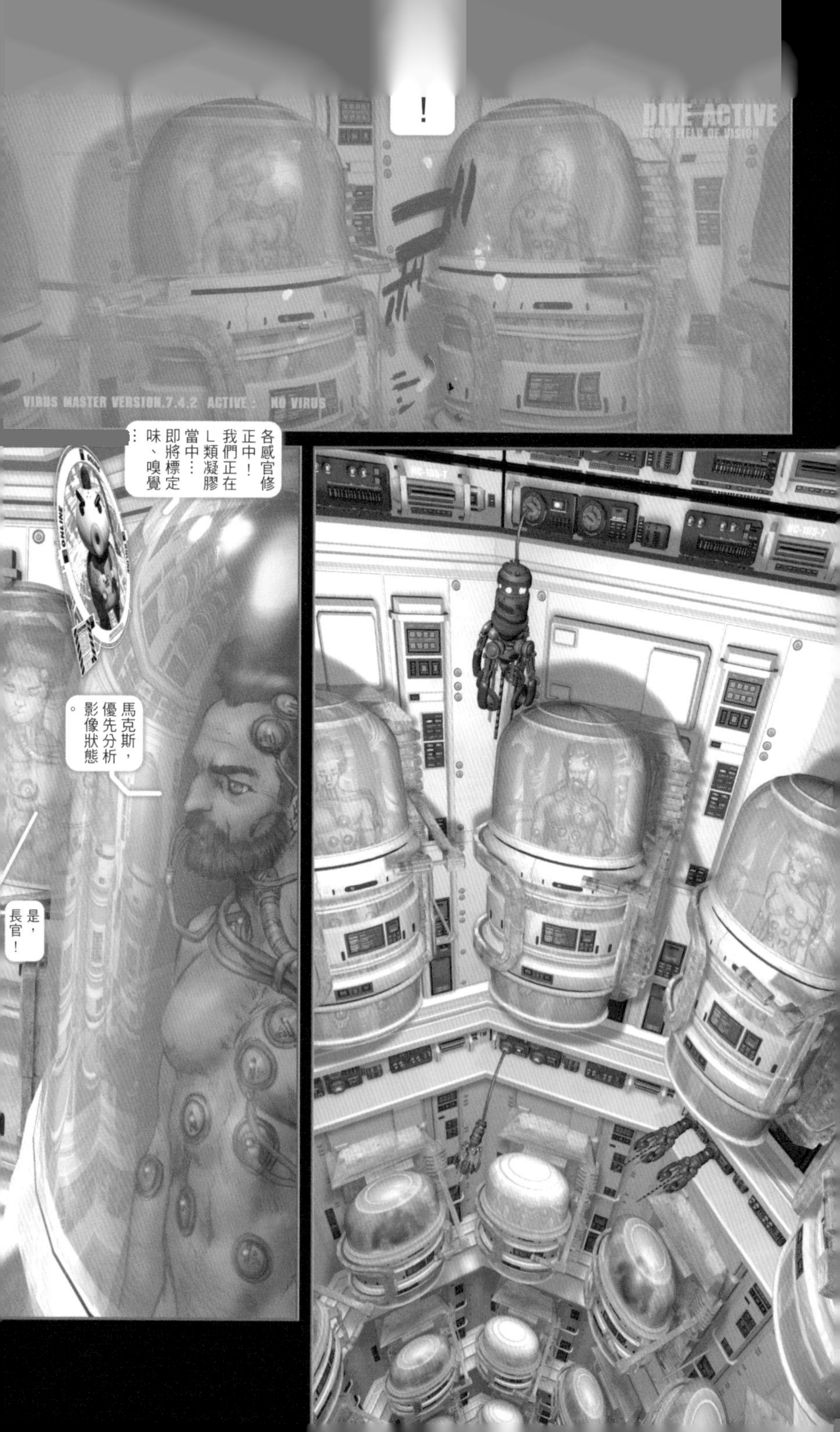
!
DIVE ACTIVE
VIRUS MASTER VERSION.7.4.2 ACTIVE : NO VIRUS
各感官修正中！我們正在L類凝膠當中：即將標定味、嗅覺……
馬克斯，優先分析影像狀態。
是，長官！
ONLINE

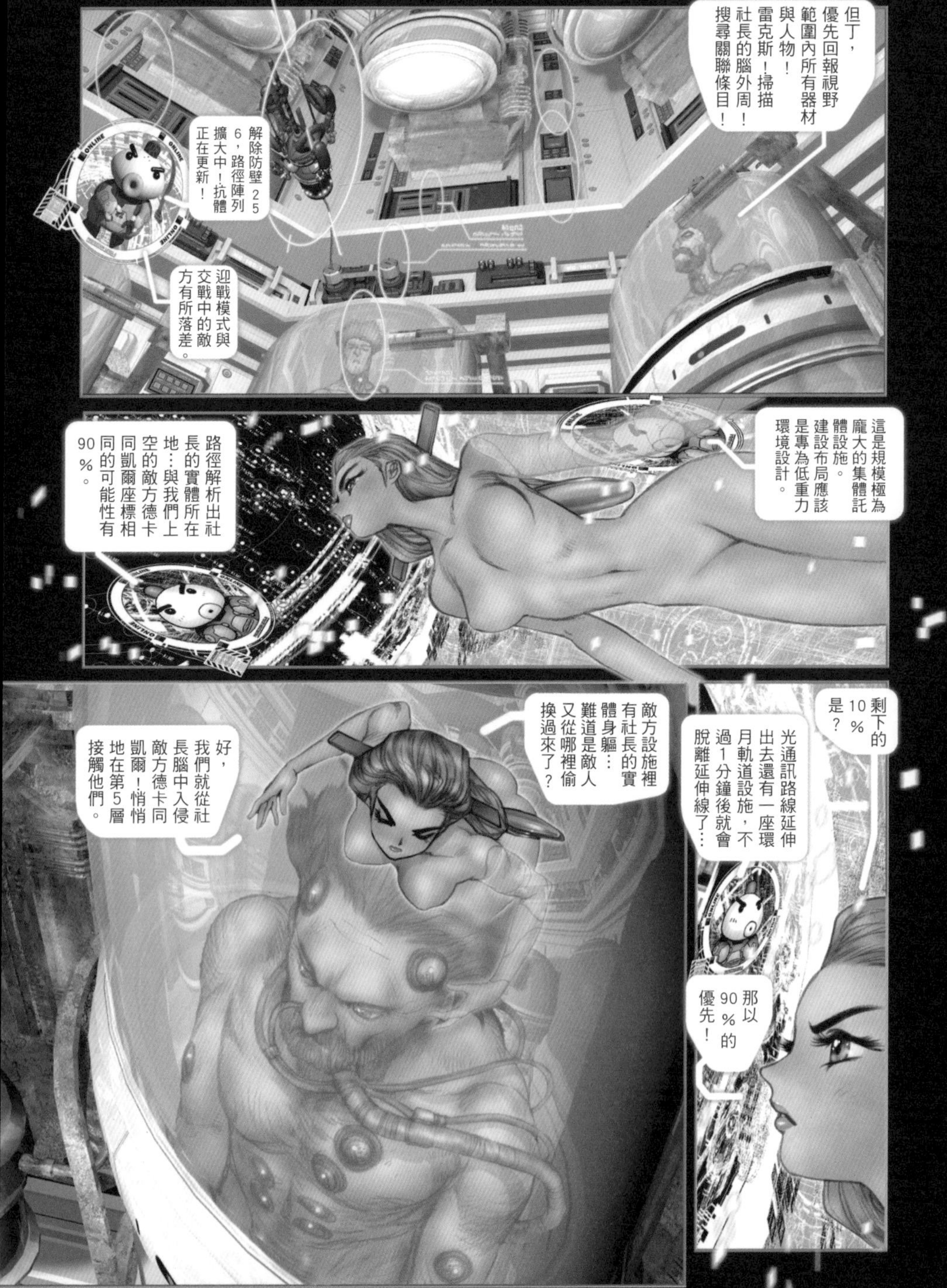
但丁，優先回報視野範圍內所有器材與人物！雷克斯！掃描社長的腦外周！搜尋關聯條目！
解除防壁25 6，路徑陣列擴大中！抗體正在更新！
迎戰模式與交戰中的敵方有所落差。
這是規模極為龐大的集體託體設施。建設布局應該是專為低重力環境設計。
路徑解析出社長的實體所在地…與我們上空的敵方德卡同凱爾座標相同的可能性有90％。
剩下的10％是？
光通訊路線延伸出去還有一座環月軌道設施，不過1分鐘後就會脫離延伸線了…
那以90％的優先！
敵方設施裡有社長的實體身軀…難道是敵人又從哪裡偷換過來了？
好，我們就從社長腦中入侵敵方德卡同凱爾！悄悄地在第5層接觸他們。

?
這裡是常駐有202人的軌道上託體設施「沉眠宇宙」，屬於一種祕密俱樂部。
從人脈中找到一位「設施的特殊人物」。
設施本身具備極為巨大的虛擬全知覺空間。

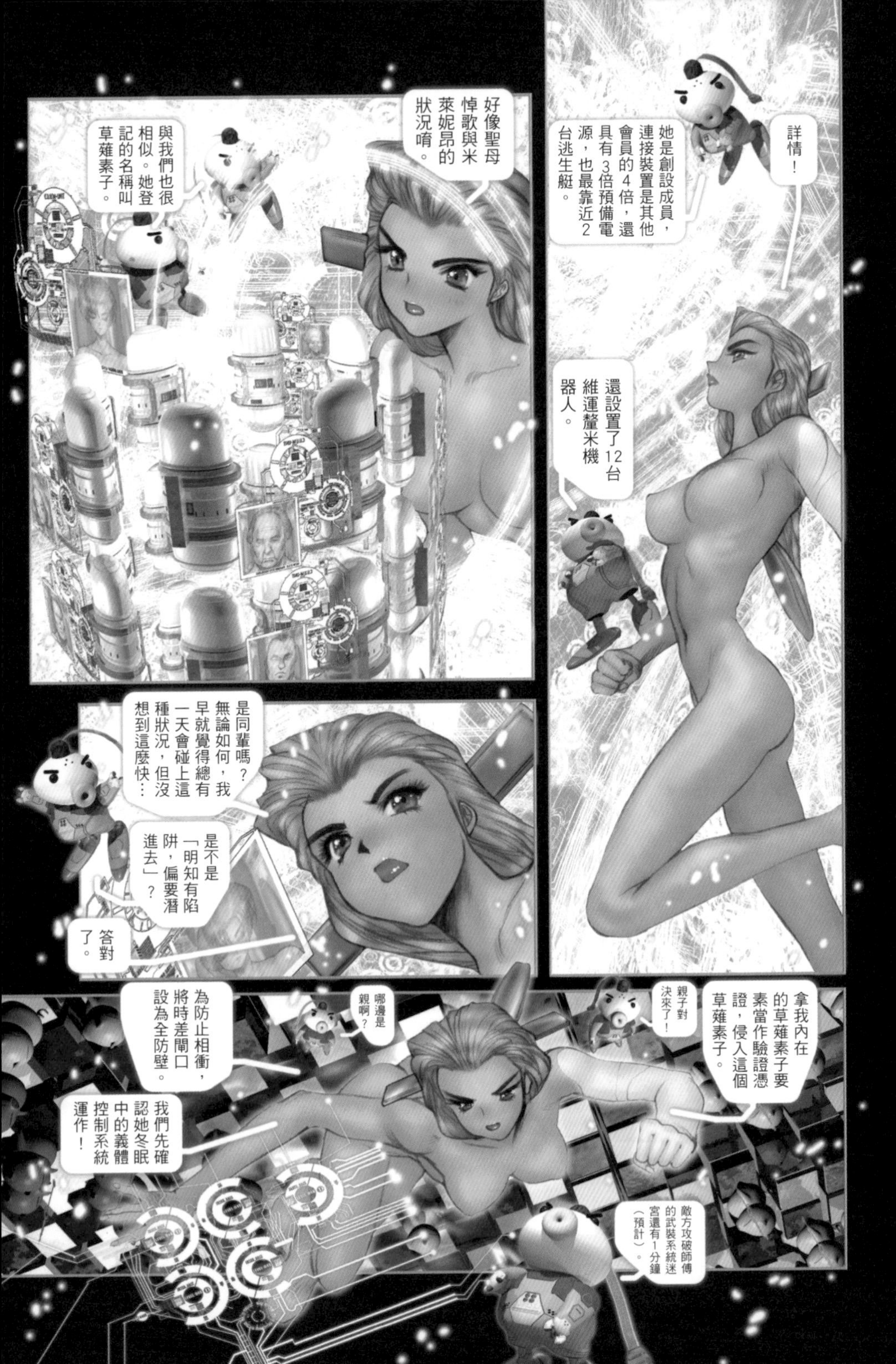
詳情！
她是創設成員，連接裝置是其他會員的4倍，還具有3倍預備電源，也最靠近2台逃生艇。
還設置了12台維運蟿米機器人。
好像聖母悼歌與米萊妮昂的狀況唷。
與我們也很相似。她登記的名稱叫草薙素子。
是同輩嗎？無論如何，我早就覺得總有一天會碰上這種狀況，但沒想到這麼快…
是不是「明知有陷阱，偏要潛進去」？
答對了。
拿我內在的草薙素子要素當作驗證憑證，侵入這個草薙素子。
親子對決來了！
哪邊是親啊？
為防止相衝，將時差閘口設為全防壁。
我們先確認她冬眠中的義體控制系統運作！
敵方攻破師傅的武裝系統迷宮還有1分鐘（預計）。

!
INTER GATE
LEVEL-9A
發生等級1的機能衝突！攻性防壁陣列的外甲崩潰，周邊正受到感染！
敵方已從武裝系統的迷宮撤退了。
將時差閘口集中部屬於第3層的外周，控制陣列！
重新建構外甲！
CAUTION!
SYSTEM ERROR

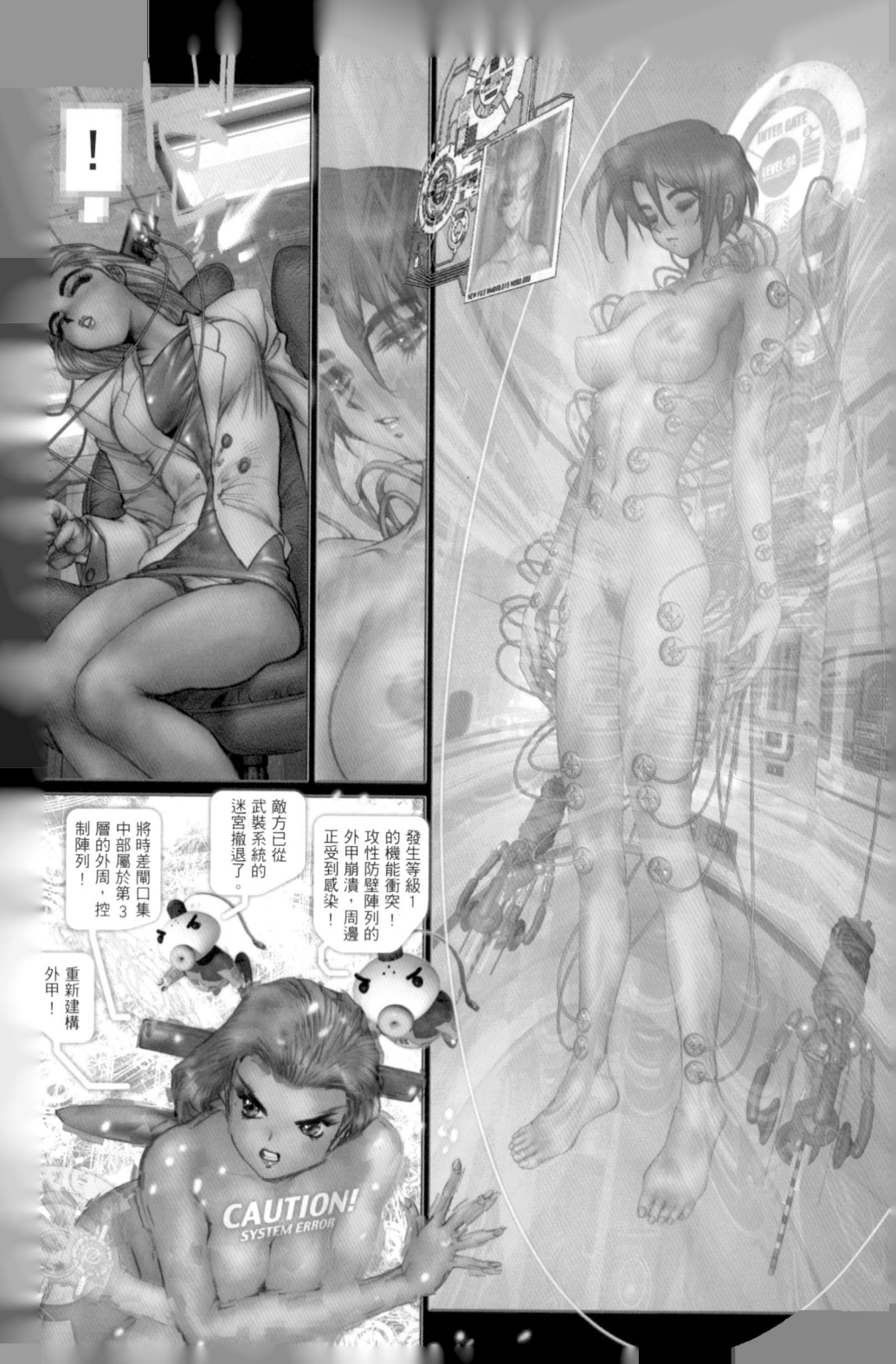

對手的義體同樣出現控制異常！看來雙方使用了相同的時差閘口。
鏡子盾呢？
凍住了。
敵方的進化抗體正入侵第3層防壁無效！
E組病毒陣列貫通敵方第3層的防壁！
右臂控制遭突破！
切除右臂！
趕不上！
將驅動輪出比例降到最低值！以最大防禦等級鎖定！
右臂輪出已鎖定最低值。
生體維持橋完好無損！

對敵方草薙素子的身體壓制進行到60％，實體身軀看來已經被遮斷與生體維持橋的聯繫了。
難道她在電腦空間的虛擬軀體才是主身體？
這就表示實體身軀交給德卡同凱爾運作了。
正是如此。
所有病毒以金姆尼35為標準重新架設陣列！
她應該有能夠使身體控制回歸由腦主導的緊急用設定才對！找出空隙，目標是左臂！
柯南過熱死當，3分鐘後才能恢復。
咦？玩具炸彈怎麼跑回來了？
把它丟掉！
哈伯的主鏡在7分鐘後將到達可攻擊敵方設施的領域內。
對敵方的維運機器人安置病毒陣列後待命。
師傅！敵人開始入侵右腳的迷宮，預計1分12秒後突破！

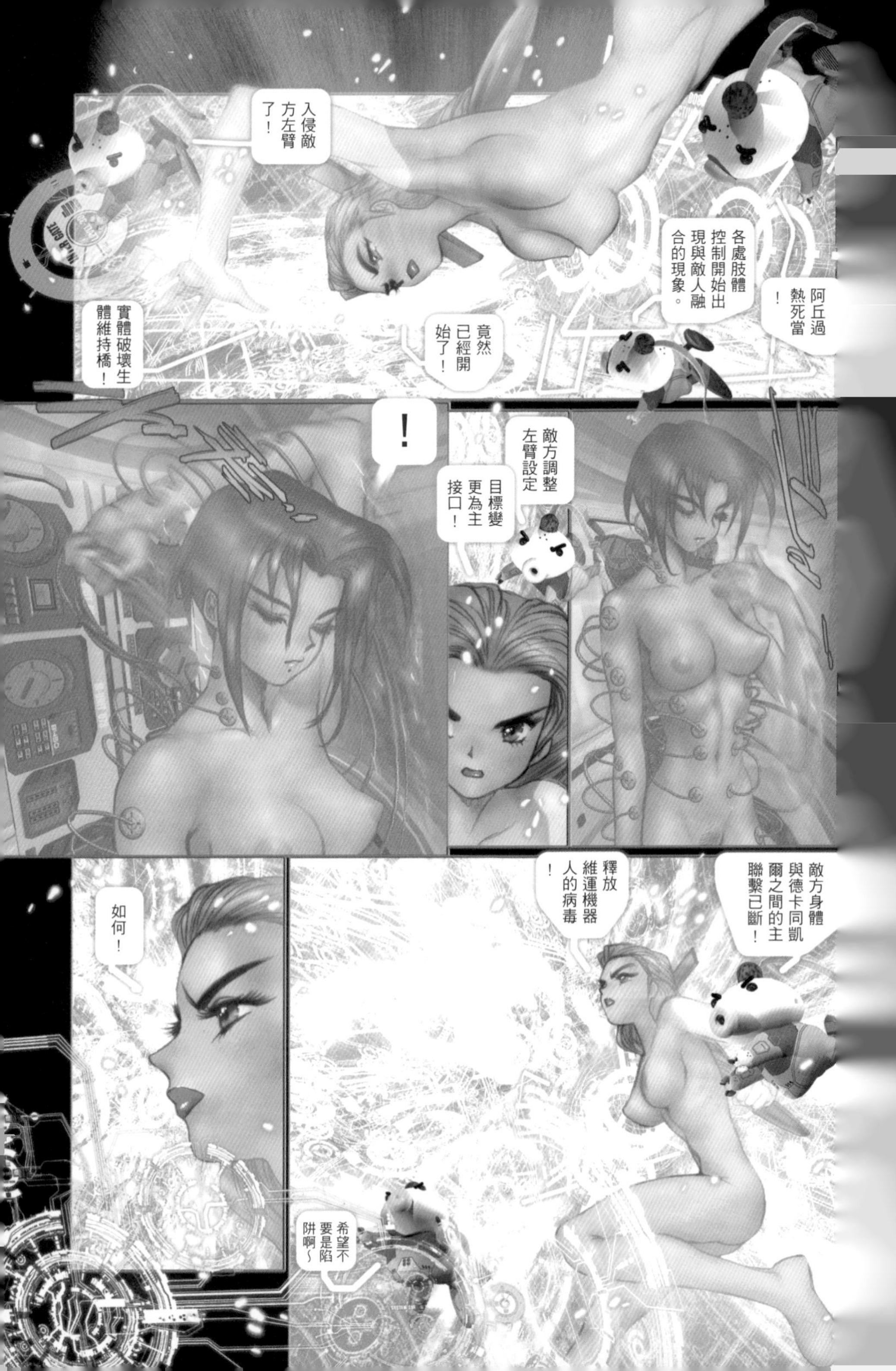

阿丘過熱死當！
各處肢體控制開始出現與敵人融合的現象。
入侵敵方左臂了！
竟然已經開始了！
實體破壞生體維持橋！
敵方調整左臂設定
目標變更為主接口！
！
敵方身體與德卡同凱爾之間的主聯繫已斷！
釋放維運機器人的病毒！
希望不要是陷阱啊~
如何！

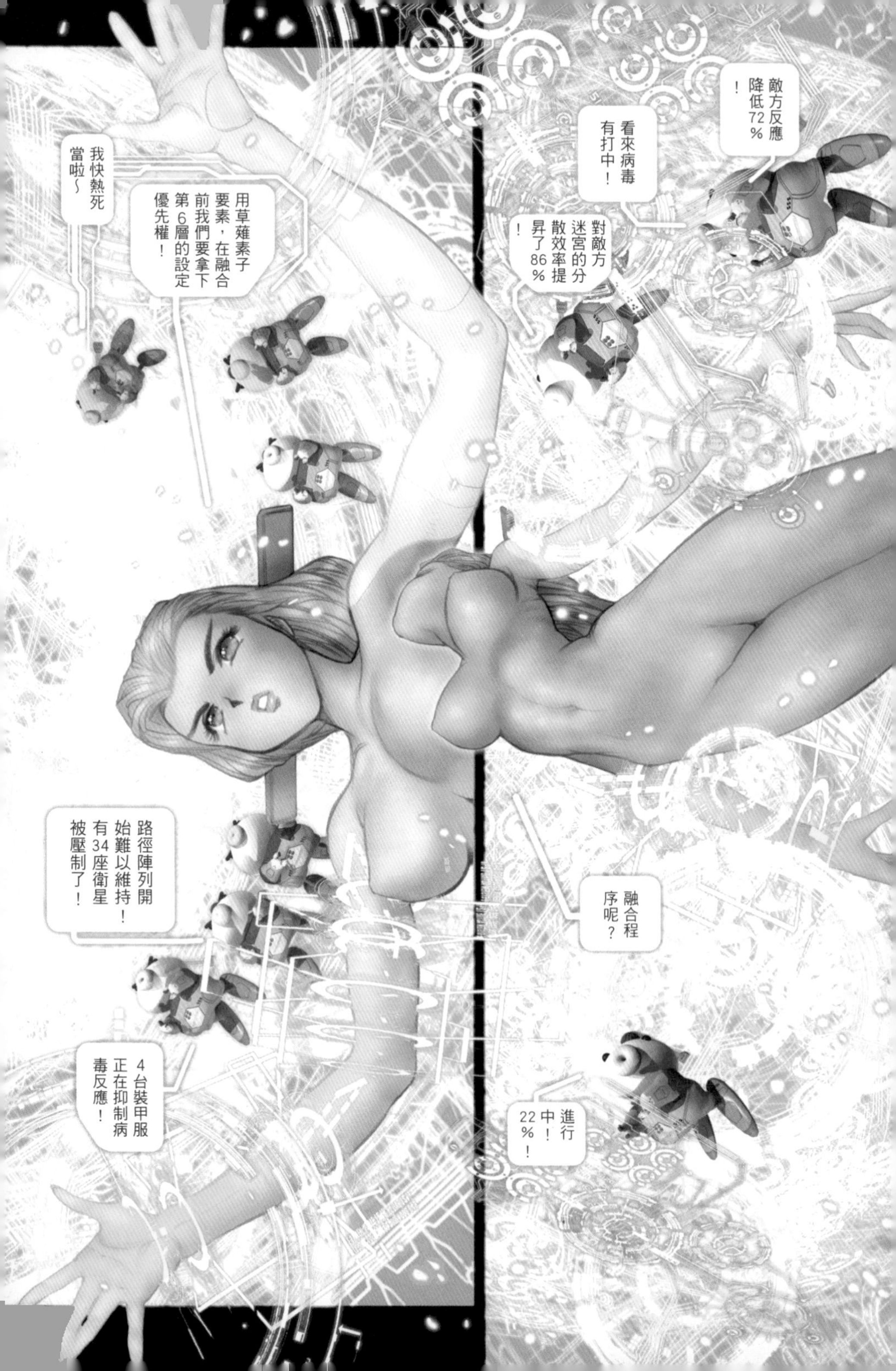
敵方反應降低72%！
看來病毒有打中！
對敵方迷宮的分散效率提昇了86%！
融合程序呢？
進行中！22%！
用草薙素子要素，在融合前我們要拿下第6層的設定優先權！
我快熱死當啦～
路徑陣列開始難以維持！有34座衛星被壓制了！
4台裝甲服正在抑制病毒反應！

第6層（ghost line）的主防壁已經完成42％融合程序！
再這樣融合下去將難以保持完整人格！
凍結共通素子要素！根據融合部分的檢驗來接
如果第6層主防壁融合超過88％就
洛基與濕婆都過熱死當！
留心裝甲服的病毒！

吆。
LEVEL 06-GHOSTLINE
CAUTION!

註：超越電子腦深層靈魂屏障後，其實不會有這樣具體的人物形象（而且還穿著衣服…這就是我們平常說幽靈穿著衣服是因為死掉時服裝也一併被埋葬或火葬的緣故？）被視覺辨識出來。我只是以具象化地畫出素子的感知而已。其實也有點是因為覺得老是畫裸體也該變個花樣啦…

安塔瑞絲?!
她來了。
可不是我請來的唷。
防壁?
融合程序?
所以安塔瑞絲就是草薙素子,而且是位靈媒,或者是偽裝的假靈媒?
未出現破裂訊號。
敵方也開始處置,使進行速度持續降低!
啊,不對,是魂合環…她早就成了可被見機利用的棋子了!
她發現了…沒想到還挺敏銳的嘛。
現在才發現?可惜,沒想到這麼駑鈍。

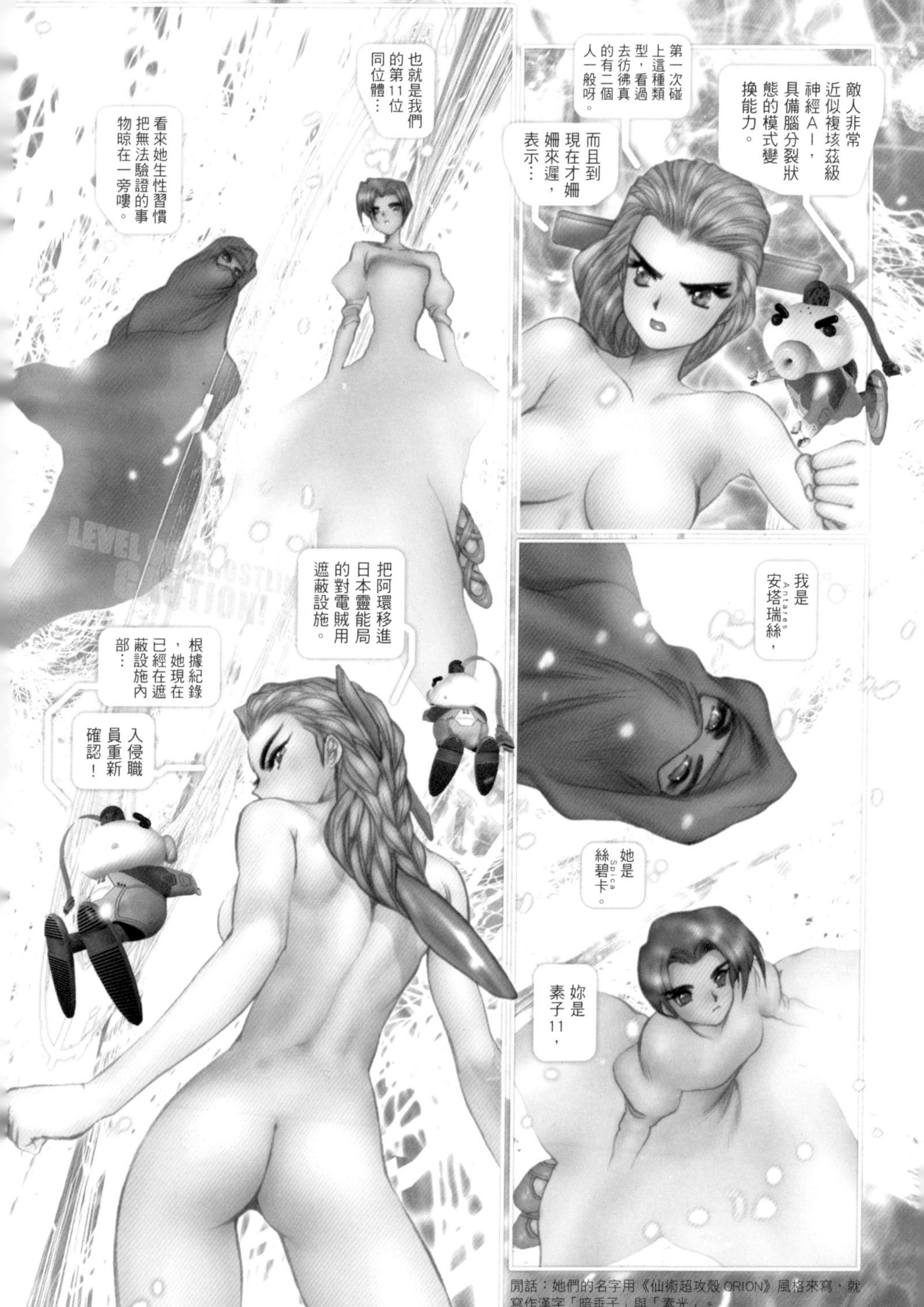
敵人非常近似複垓茲級神經AI，具備腦分裂狀態的模式變換能力。
第一次碰上這種類型，看過去彷彿真的有二個人一般呀。
而且到現在才姍姍來遲，表示…
也就是我們的第11位同位體…
看來她生性習慣把無法驗證的事物晾在一旁嘍。
LEVEL GHOSTLINE CAUTION!
把阿環移進日本靈能局的對電賊用遮蔽設施。
根據紀錄，她現在已經在遮蔽設施內部…
入侵職員重新確認！
我是安塔瑞絲(Antares)，
她是絲碧卡(Spica)。
妳是素子11，

閒話：她們的名字用《仙術超攻殼ORION》風格來寫，就寫作漢字「暗垂子」與「素光」。

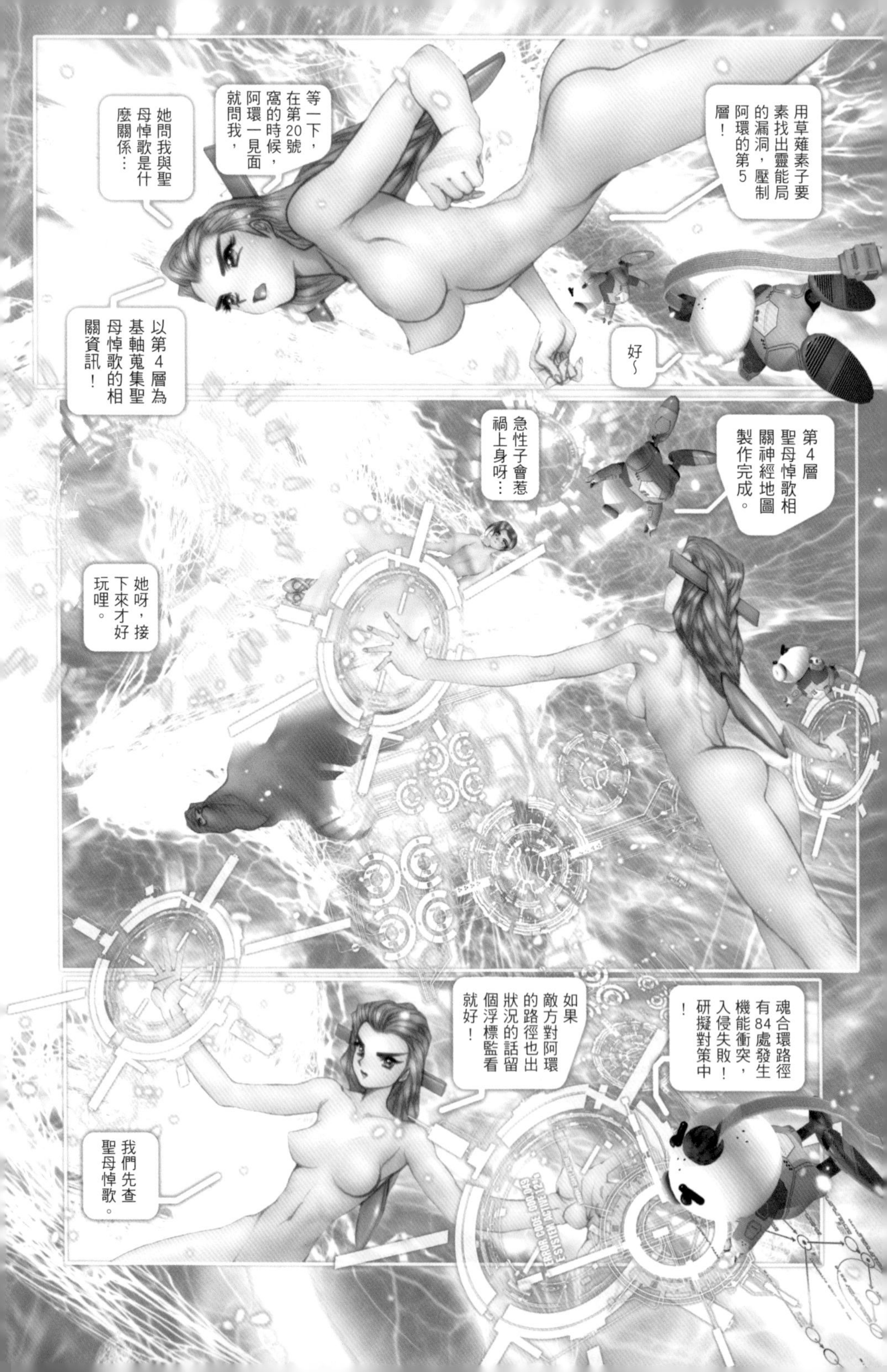
用草薙素子要素找出靈能局的漏洞，壓制阿環的第5層！
等一下，在第20號窩的時候，阿環一見面就問我，
她問我與聖母悼歌是什麼關係…
好～
以第4層為基軸蒐集聖母悼歌的相關資訊！
第4層聖母悼歌相關神經地圖製作完成。
急性子會惹禍上身呀…
她呀，接下來才好玩哩。
魂合環路徑有84處發生機能衝突，入侵失敗！研擬對策中！
如果敵方對阿環的路徑也出狀況的話留個浮標監看就好！
我們先查聖母悼歌。
ERROR CODE 000.049
E-SYSTEM ACTIVE 1246

看來這些娛樂設施不過是用來取得機材的單元嘍？
只要建立帶有宗教性的娛樂集團，就容易獲得期待值以上的棋子吧…
米萊妮昂被看穿了。
就說吧，把硬體擺上太空，就算持續更新，不到1年就被攻下來了！
INTER GATE
LEVEL-9A
米萊妮昂的人腦陣列效率比莫那比亞的豬腦陣列還低耶。
豬腦陣列比較新，比較接近她們的目標吧…所以才會變成襲擊的對象？
不要馬上輕信別人講的話！
我們是敵人的第11號棋子，比較新也比較接近目標，所以才能壓制米萊妮昂？
LEVEL 06-GHOST LINE
CAUTION

豬腦陣列的神經地圖！
是。
不像米萊妮昂那樣中央集權耶…搜索整合系統！
所有個體全都是同等的並聯設置。
會這樣將他們連結起來不會毫無意義吧？
…
武裝陣列恢復連結！
很好。
以前我說為什麼會刻意用豬隻時，你們回答說「因為好玩嗎？」對吧？
是說2035年0306PM00時42分32～34秒的對話吧？對的。
把為什麼好玩說個大概！
像我們AI的話，即使在語言與作業系統有終端誤差，基本上在Network已知宇宙中是同一個存在。
終端硬體的數量與距離不過是表面上的現象而已。
嗯嗯，繼續。

一般人腦即使聯接起來依然不會融合，而會一直保持彼此獨立。
即使並聯起來處理什麼任務，效率也不會變化太多，而會呈現多樣化的輸出。
這與你們的「個性」不同嗎？
不同。人腦陣列從基礎構造深處就已經呈現個性化，似乎不以融合為前提作設計。
雖然我們會配合使用者的習慣，但「我們」其實是「我」，只是更巨大系統的局部而已。
那他們這樣的系統最大的好處在哪？
不知道。
想要用AI實現不經融合而機能多樣化的系統？
想研究將人腦轉印到神經AI上？
LEVEL-GHOST CAUTION!
也就是想研究出足以取代人類的機械生命？或者是研究長生不死技術？是嗎？
二者是同一件事唷。
如果說是後者，妳是否就不會來阻撓了？

等一下，草薙素子竟然在搞這種實驗…？
AI才不需要真正的多樣性，
而人類要是真的能長生不老的話，不到兩百年就會滅亡啦。
這是…
師傅！主防壁融合已經超過50%了！
為了進行大規模融合而製造的底盤嗎…？
想要擴充腦袋嗎？
一般的融合由於是發生在單一的人腦上，因此會有某些要素漏失掉，而且也會代謝衰敗。
如果透過連接電腦AI超越生物性限制的話，就有可能包含超過單一的…理論上能夠將無限的人格內包為一！

所有裝了電子腦的個體全都會變成草薙素子的亞種或同位體，
而未配備電子腦的個體將一無所知，在各種面向上失去優勢。
看不見的統治？
這樣子既麻煩又危險，而且實在很無趣呀。應該把它想成是在打造一個共通的基礎唷。
這是邁向死亡的行程嗎？
是迎向新生的過程呀。如果不經歷這一段的話就等於已經死了嘛。
WARNING!!
擅自將我們公司的豬隻化為私人物品，應該要賠！
擅自將我們公司的豬隻化為私人物品，應該要賠…
不過是活用牠們的腦袋部分而已，又沒造成什麼損失，襲擊、轟炸的人責任才大吧？

既然米萊妮昂20被荒卷素子11鎮壓了，腦部擴充計畫等於退回起點。
如果她融合進來的話是可以如此判斷，但是她看來沒有打算融合哩，真是不幸。
真是不幸。
WARNING!!
語言區怪怪的，雷克斯！回報主防壁融合進度！
雷克斯當機了。主防壁融合91%。
左聽覺出現異常！
左聽覺？
!
啊！

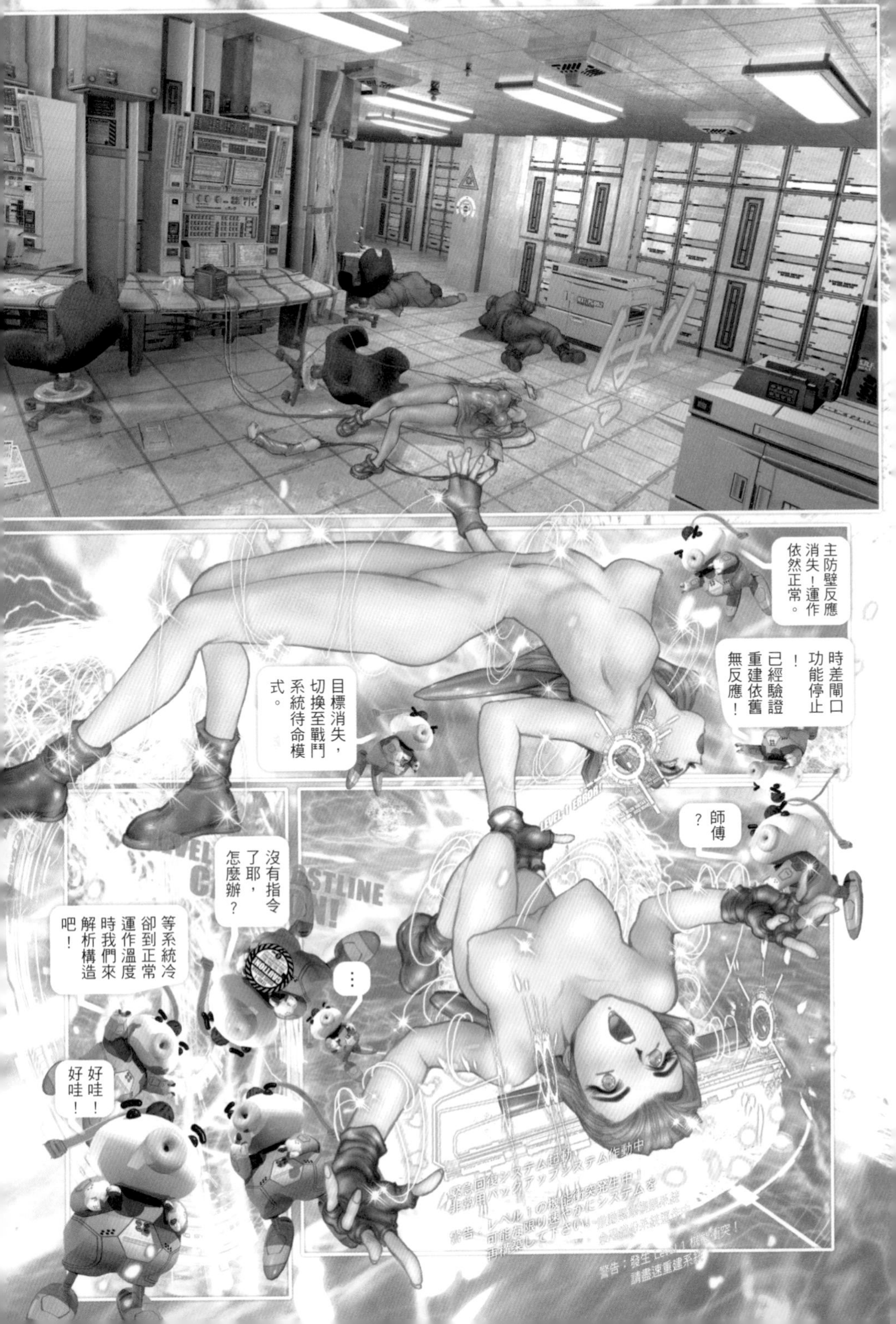

主防壁反應消失！運作依然正常。
時差閘口功能停止！已經驗證重建依舊無反應！
目標消失，切換至戰鬥系統待命模式。
師傅？
沒有指令了耶，怎麼辦？
…
等系統冷卻到正常運作溫度時我們來解析構造吧！
好哇！好哇！

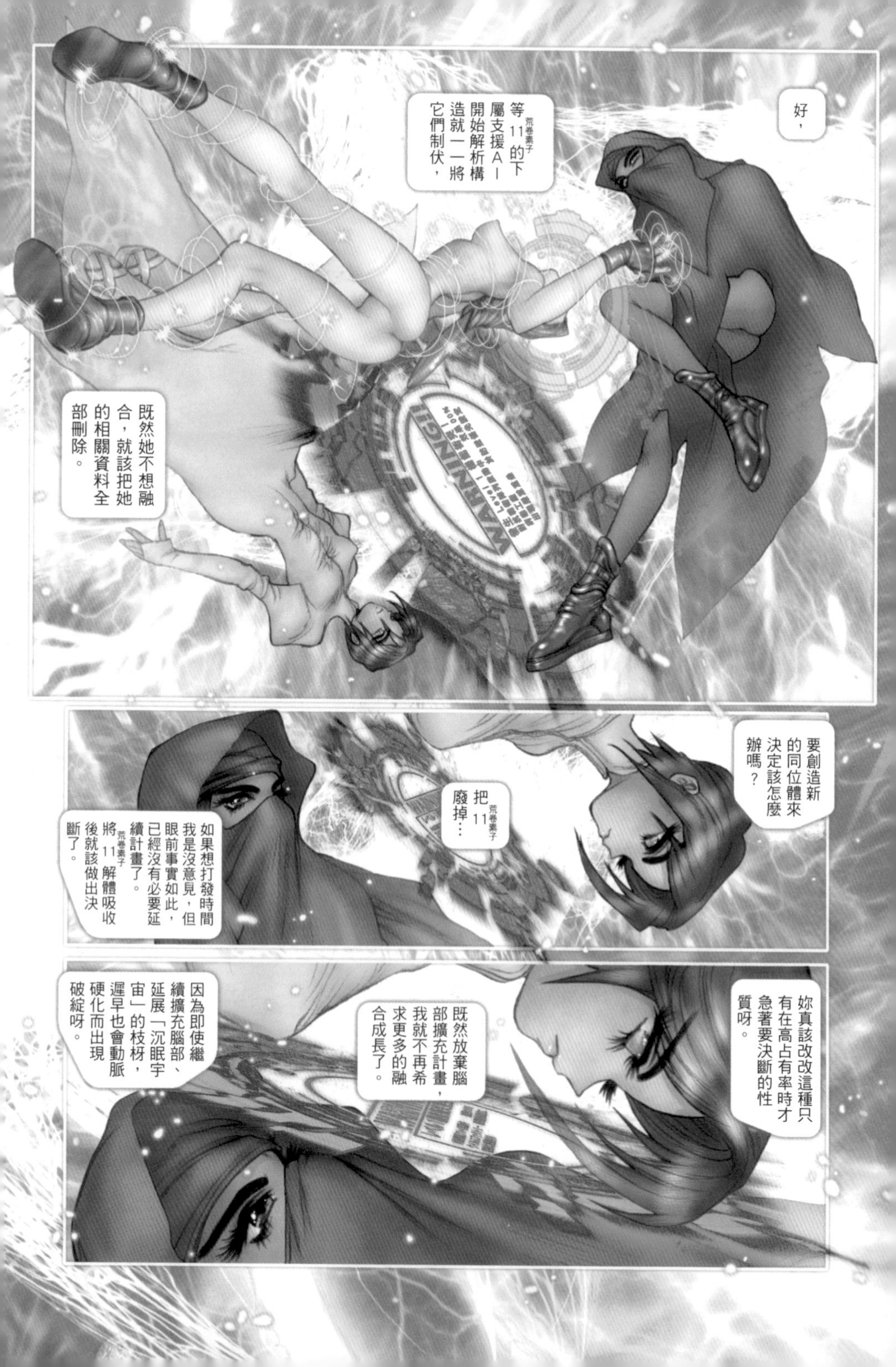
好，
等11的下屬支援AI開始解析構造就一一將它們制伏，
既然她不想融合，就該把她的相關資料全部刪除。
要創造新的同位體來決定該怎麼辦嗎？
把11廢掉…
如果想打發時間我是沒意見，但眼前事實如此，已經沒有必要延續計畫了。將11解體吸收後就該做出決斷了。
妳真該改改這種只有在高占有率時才急著要決斷的性質呀。
既然放棄腦部擴充計畫，我就不再希求更多的融合成長了。
因為即使繼續擴充腦部、延展「沉眠宇宙」的枝枒，遲早也會動脈硬化而出現破綻呀。

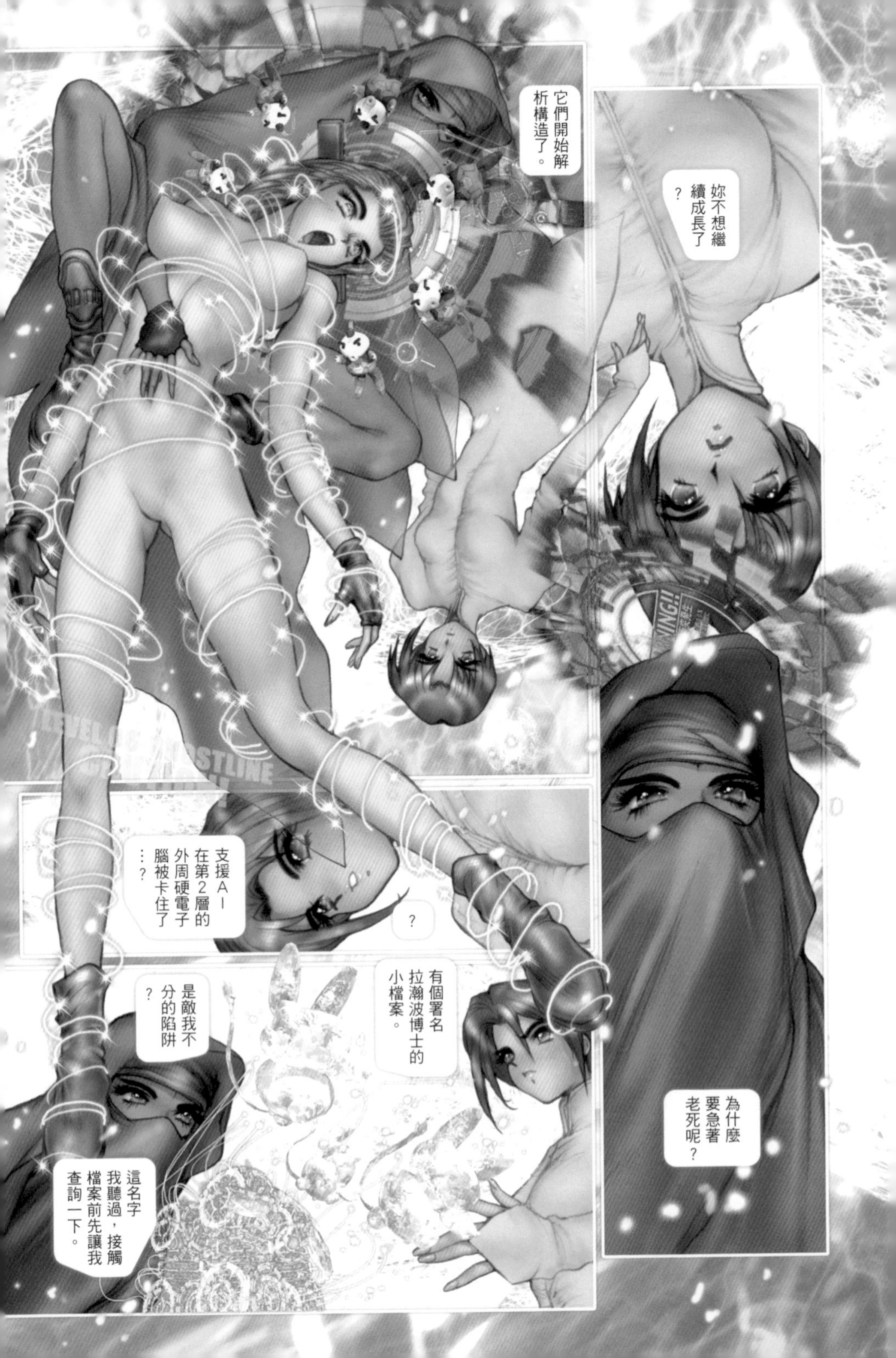
妳不想繼續成長了？
為什麼要急著老死呢？
它們開始解析構造了。
支援AI在第2層的外周硬電子腦被卡住了……？
？
有個署名拉瀨波博士的小檔案。
是敵我不分的陷阱？
這名字我聽過，接觸檔案前先讓我查詢一下。

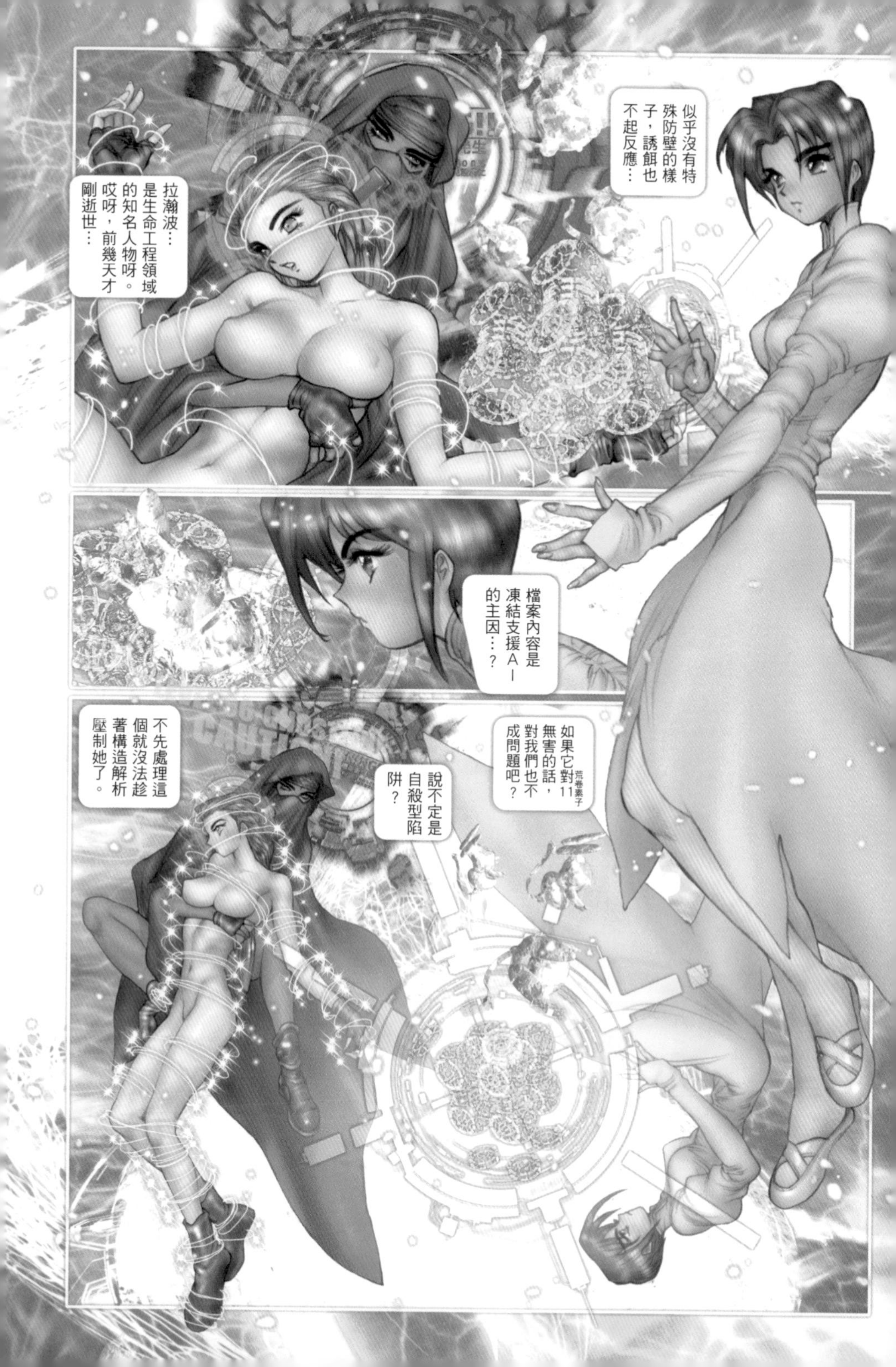
似乎沒有特殊防壁的樣子，誘餌也不起反應…
拉瀨波…是生命工程領域的知名人物呀。哎呀，前幾天才剛逝世…
檔案內容是凍結支援AI的主因…？
如果它對無害的話，對我們也不成問題吧？
荒卷素子11
說不定是自殺型陷阱？
不先處理這個就沒法趁著構造解析壓制她了。

這什麼玩意兒？外星人的哲學書嗎？
好像是系統設計圖耶。
設計圖會凍結支援AI？
LEVEL 06-GHOSTLINE
CAUTION!
是不是該試著虛擬拼裝一下？
支援AI不也是這樣幹嗎？
我看把這分解掉吧…
這…？
它開始成長了。
是一種AI吧。

結構單位為單垓茲…是具備個性的聯結體耶。
個體間的優勢排序會隨著成長而變動。
非晶體矽開始形成神經矩陣…
WARNING!!
支援AI是因為防叛亂機制啟動才凍結的。
這AI…並不把使用者指令當做首要嗎？
它們不是為人類打造的工具，硬體、軟體都同樣自立存在…

LEVEL 06-GHOSTLINE
CAUTION!
這是以矽材料為基礎的高等智慧生命體設計圖！
為什麼荒卷素子11會有這種東西…？

阿環?!
我內在的妳、妳內在的我。
妳選擇了鏡中的映像…
因為宇宙並非對稱的。

…被囚禁起來了…？
是嗎？妳是說誰？
我看不到那3顆北極星了…
在這裡呀。

它們從一開始就一直在這裡，
在妳認為妳想接觸的這個地平點上…
不是這個吧？應該是一直在那遠處發出光芒的巨大光源呀。
是這個唷。
如果妳碰觸1道光，就會將妳自己送向新的地平線，
如果妳接觸3道光，則會留下成為境界使者…
這是什麼悖論詰問嗎？還是在試探我業障有多深？
我只是傳達而已，要做出選擇的是妳。

這究竟是為了什麼？這件事的意義在哪？
唯有探求者能揭開答案…不是嗎？

CAUTION! LEVE S GHOSTLINE
！
馬克斯！快將你在雷布里斯左內耳架路徑時造成的故障給……
咦？
是敵人……？

！
「敵人」這指稱真不恰當，
將支援AI給凍結的是妳自己呀，荒卷素子11。
多虧妳帶了有趣的東西過來，讓我的決策意志終於穩定下來了。
好啦，找我有什麼事？要我賠豬隻的錢？想戰鬥打倒我？還是純粹因為好奇？或者融合…我看妳是沒興趣吧。
就工作啊，妳知道的嘛。
難道妳還想假裝妳都沒看見？
唉～這麼多種可能的答覆，妳偏偏選一個無聊至極的。
算了，要是這樣妳也算達成目的了。還有其他事嗎？沒事就快滾吧！我忙得很呢。

妳不會真以為這樣嗆聲能嚇到我吧？雖然我的主防壁與武裝陣列與妳相同而起不了作用，
哈伯的主鏡控制系統可是離我比較近唷。
以實體距離來說其實離我非常近，可惜…好啦，有什麼要求？
提供情報吧。妳碰到的問題未來會不會發生在我身上，
還有，妳說的有趣東西是什麼？
妳要與它融合？
妳呢？
矽生物的設計圖呀。我要試著把這組裝起來。
它將會是既保持著生老病死，又能完整保持瀰因延續性的全新生物唷。

如果這個生物的智能是以人類的瀰因藏(meme pool)為基底的話，那它就像是鏡子映照出來的人類呀。
需要做點保險措施吧？
沒想到妳這麼悲觀，不需要啦。無論它會不會與人類共生共存，只要不會自我滅亡就好啦。
妳是說只要人類持續與它連線，就是安全的保障？它不一定會對人類以及人類活動抱持肯定的態度呀。
多謝妳提出這麼人類偏重主義的溺愛見解。
不過不對唷，這種生物與人類是一而二、二而一的。
要是它與妳融合而了解了「樹」的話吧。
但是這與安全保障無關呀。
不對，有關。
這樣就能一下子擴大它的認知宇宙呀，這樣的好處妳一定懂嘛。

那我在我們之間設條熱線，
要面對這個生物時，一定要我倆共同進行唷。
我不反對。
成交！

我還有其他工作要做，之後再聯絡吧。
不用講得這麼委婉啦。突擊小隊就快破門而入了對吧？
晚點見嘍。

呼。
!
危險危險，比我預期的還快呀⋯全體重開機！要閃人嘍。
欸？
師傅～妳手臂夾到袖子啦！

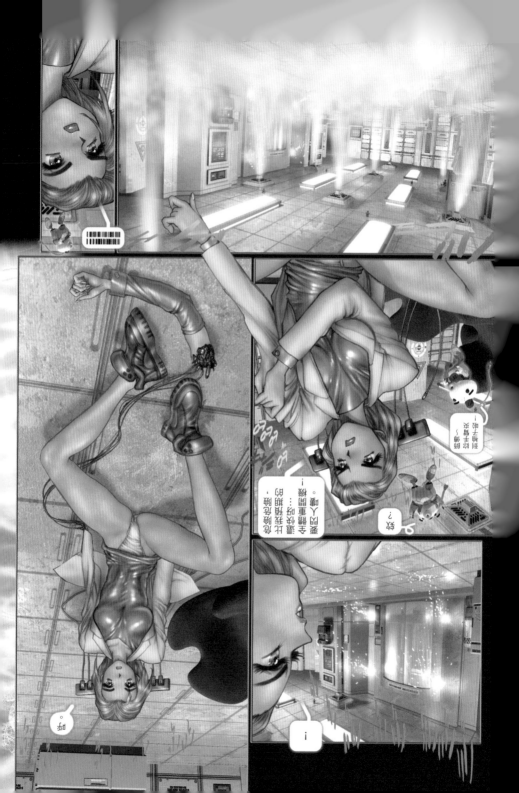

恰鏗
啟動裝甲服的行動控制病毒！
咻
轟—
我還沒這樣用過，滿吵的哩…
嘰唰—
鏗
鏗
啪
唰—
S.R.F. type2005 ver.4.5

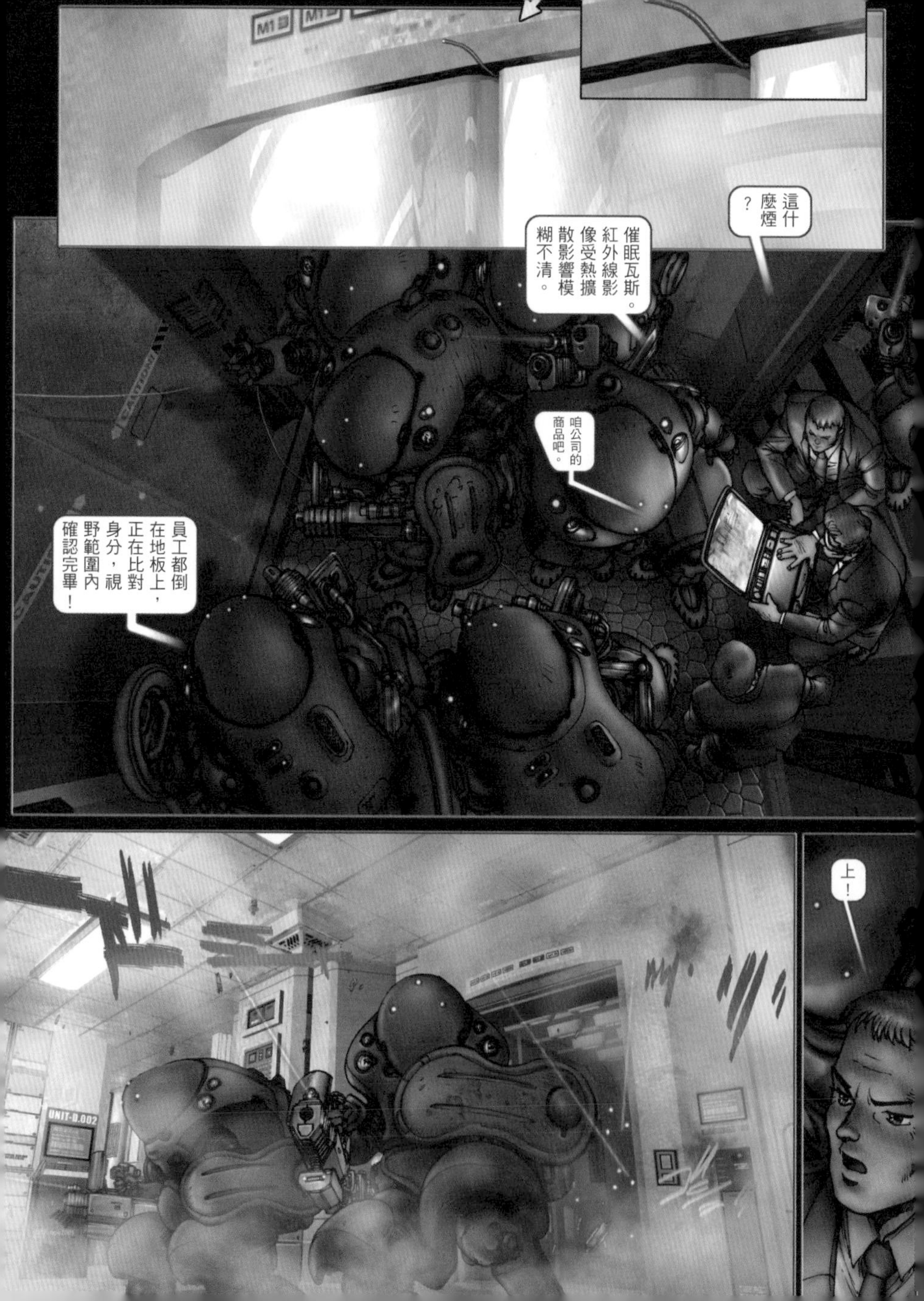
這什麼煙？
催眠瓦斯。紅外線影像受熱擴散影響模糊不清。
咱公司的商品吧。
員工都倒在地板上，正在比對身分，視野範圍內確認完畢！
UNIT-D.002
上！

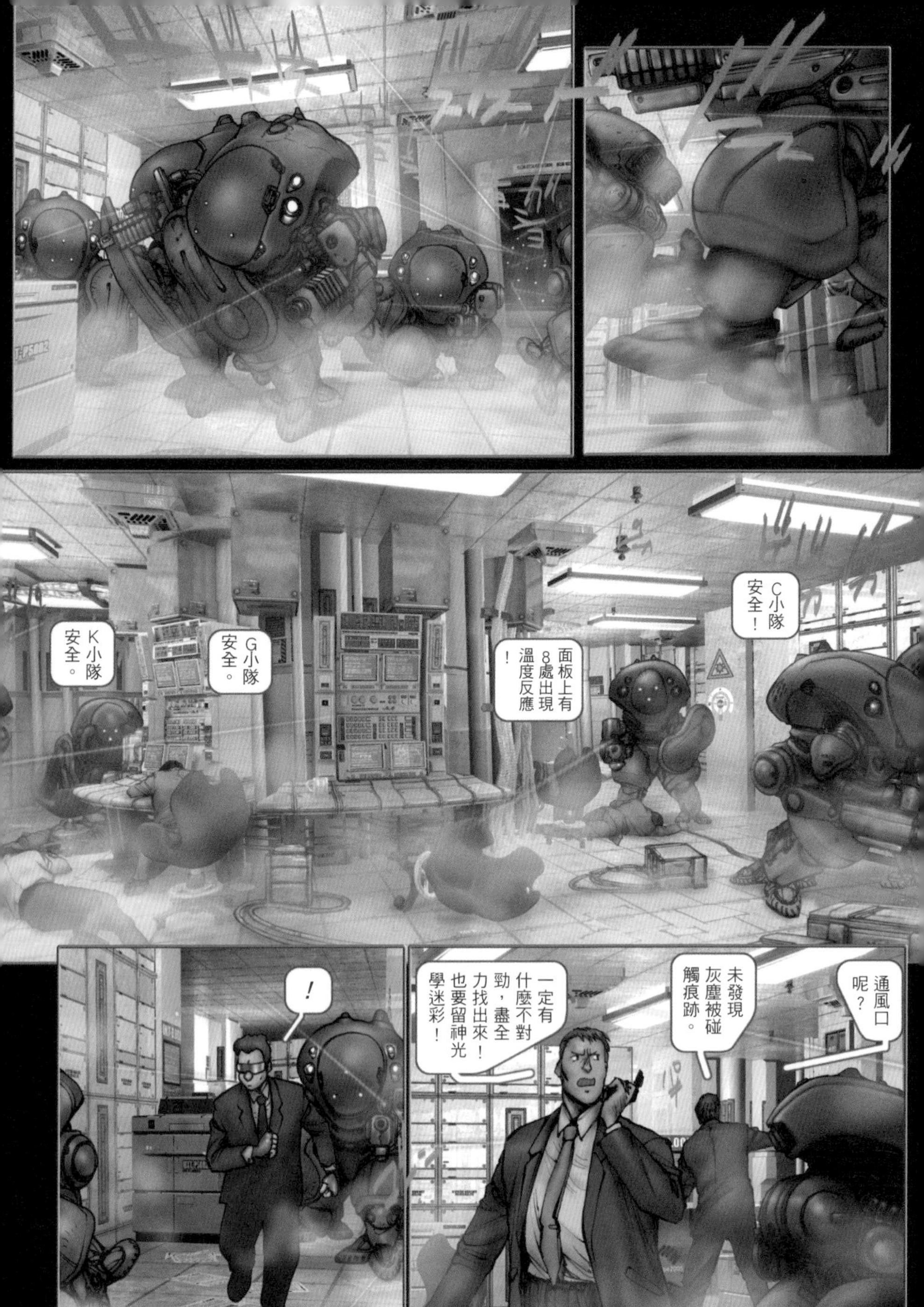
C小隊安全！
面板上有8處出現溫度反應！
G小隊安全。
K小隊安全。
通風口呢？
未發現灰塵被碰觸痕跡。
一定有什麼不對勁，盡全力找出來！也要留神光學迷彩！
！

有1把椅子的倒地方向與人員對不起來！
椅子正對的控制面板出現溫度反應，沒有連線紀錄。
這裡有文件被鞋子踏過…正在標定是哪種鞋底。
威爾！把這打開！
是。
未偵測出任何反應。
隨便拿一組確定可用的釐米機器人過來！
部長，她…
抓到了嗎?!
呃，不是她一直都在那兒…

你們是不打算讓我出去了是嗎？
真抱歉，社長有這命令，我們也…
妳哪時才要給我一份足以說服我的報告？
唉唷，你真生氣啦？我會給你的啦，只是沒啥值得一看的唷。
如果你們拖時間拖夠了，我可要去休假嘍。
想全天候監視我的話趕快去打包行李，我只能優待晚20分鐘起飛唷。
你的事機已經以安檢為由交給保安部了！文件已經送至考核部。
安檢程序至少需要妳等上2天。
我說的事有這麼值得妳驚訝嗎？
沒事沒事，很好很好！要是你沒這種膽子的話也不會讓你當保安了。
不過我要去的地方可是宇宙唷。

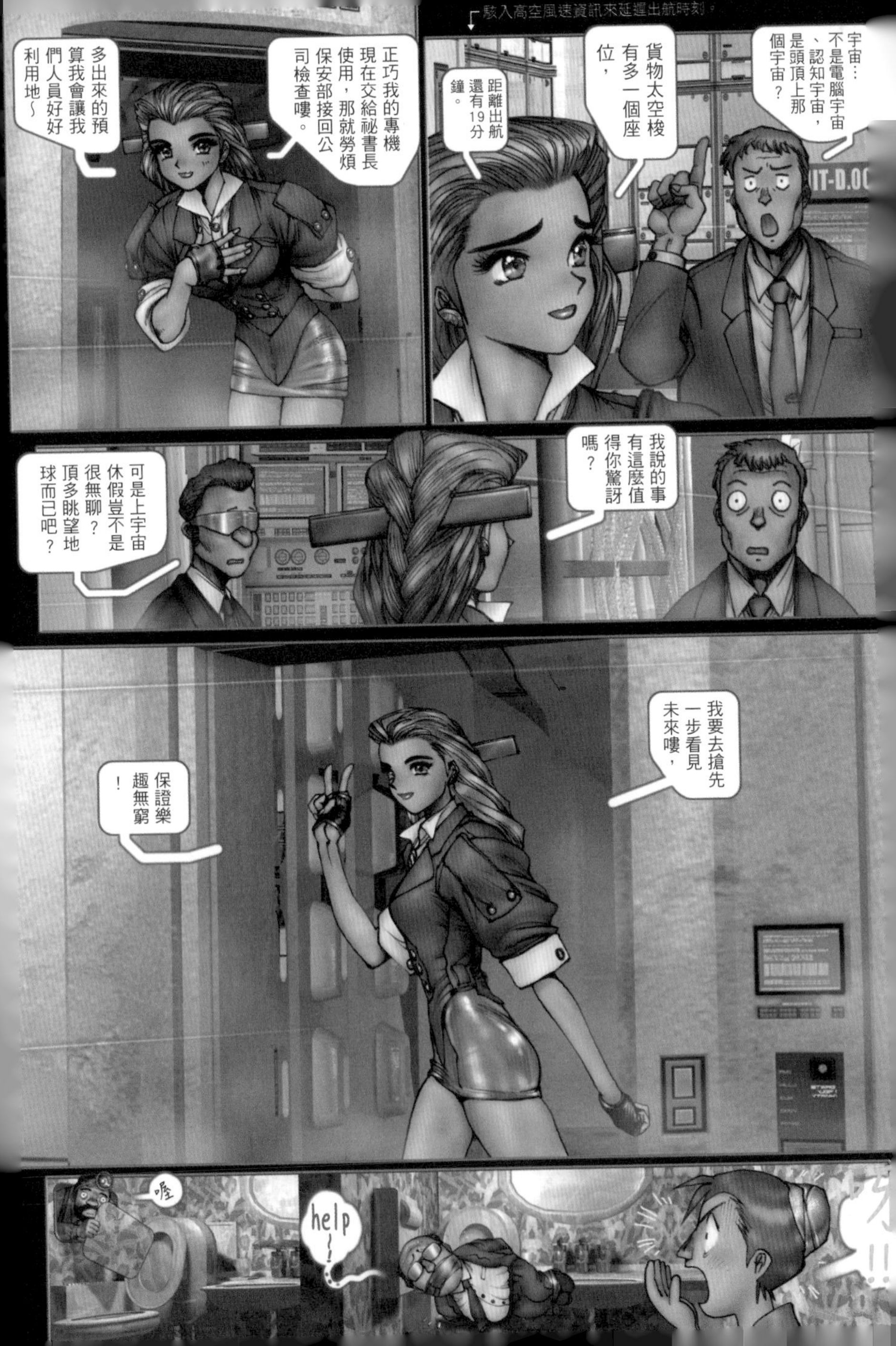
宇宙…不是電腦宇宙、認知宇宙，是頭頂上那個宇宙？
貨物太空梭有多一個座位，
距離出航還有19分鐘。
駛入高空風速資訊來延遲出航時刻。
正巧我的專機現在交給祕書長使用，那就勞煩保安部接回公司檢查嘍。
多出來的預算我會讓我們人員好好利用地～
我說的事有這麼值得你驚訝嗎？
可是上宇宙休假豈不是很無聊？頂多眺望地球而已吧？
我要去搶先一步看見未來嘍，
保證樂趣無窮！
喔
help～！
!!

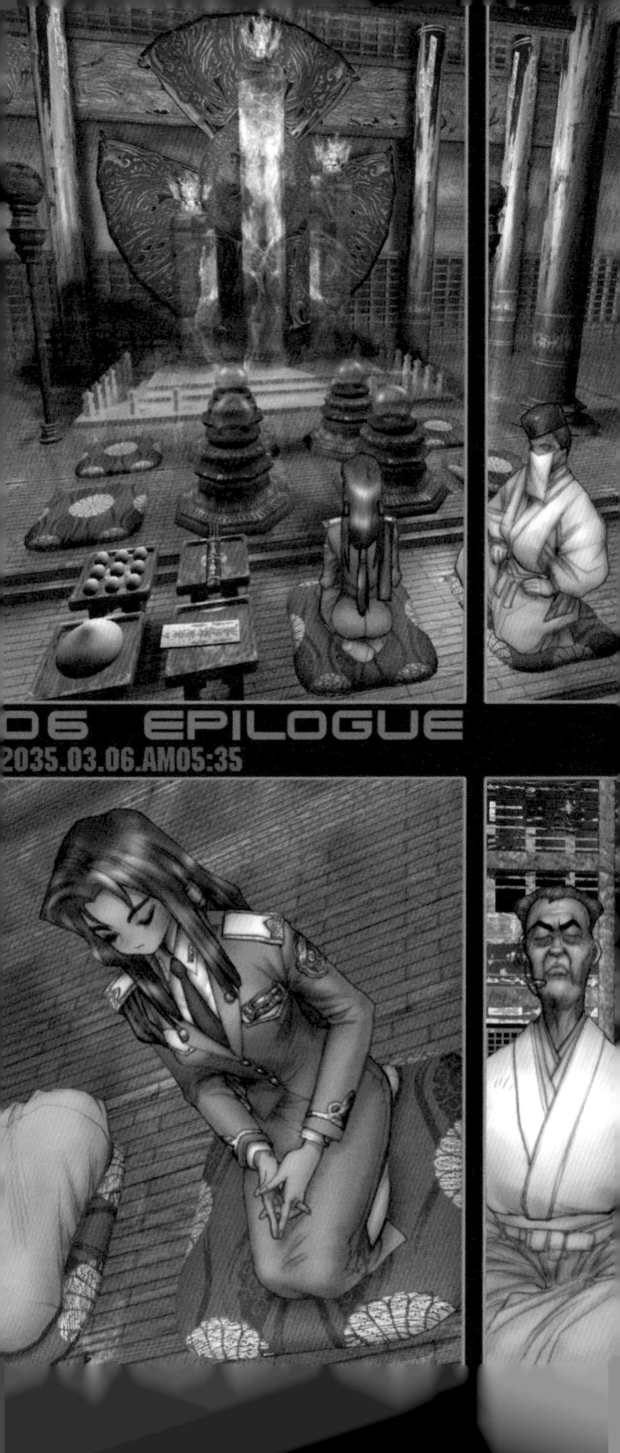
06 EPILOGUE
2035.03.06.AM05:35

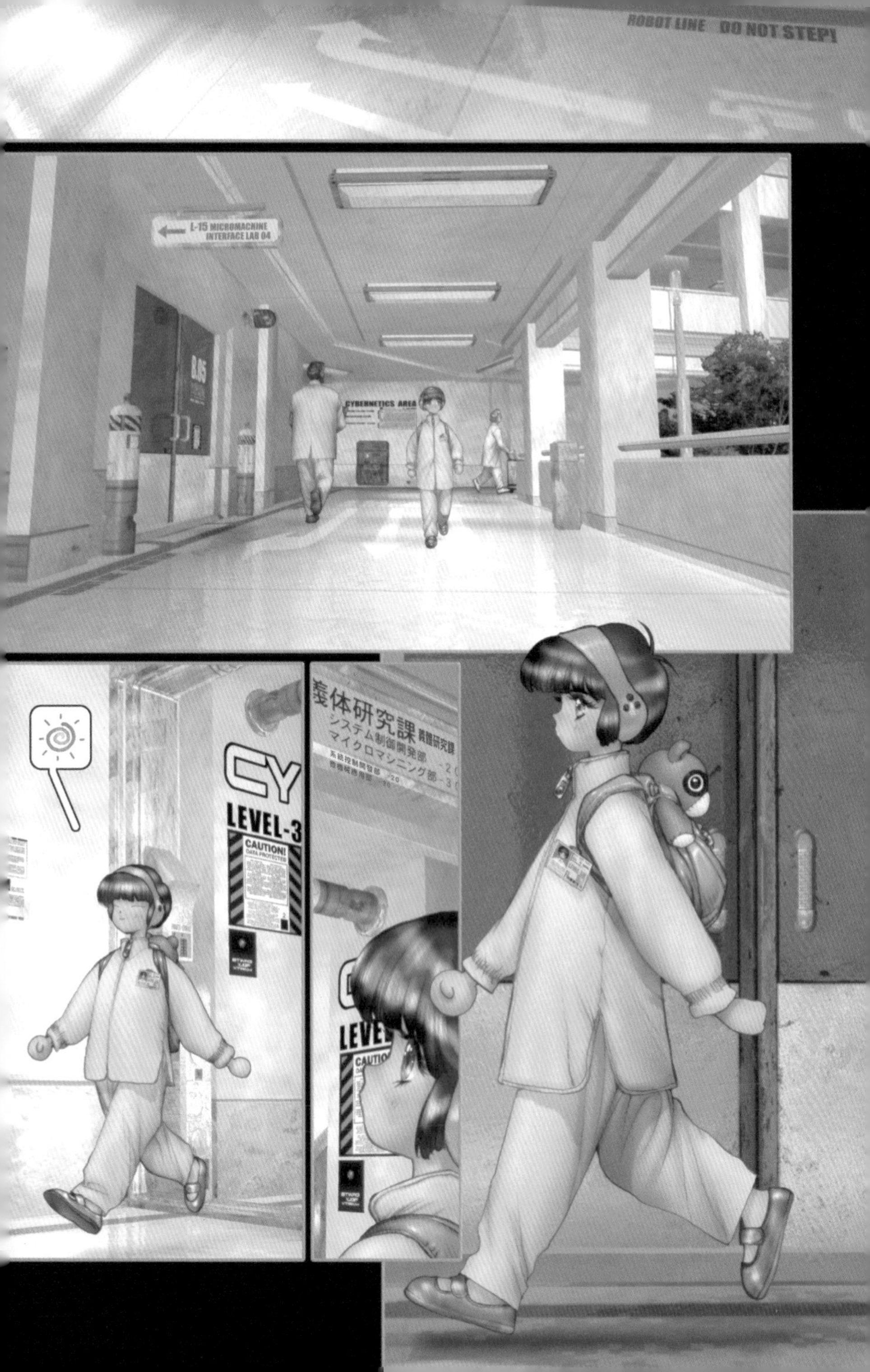

ROBOT LINE DO NOT STEP!
L-15 MICROMACHINE INTERFACE LAB 04
CYBERNETICS AREA
CY
LEVEL-3
CAUTION! DATA PROTECTED
義体研究課 義體研究課
システム制御開発部 -20
マイクロマシニング部 -30
LEVEL

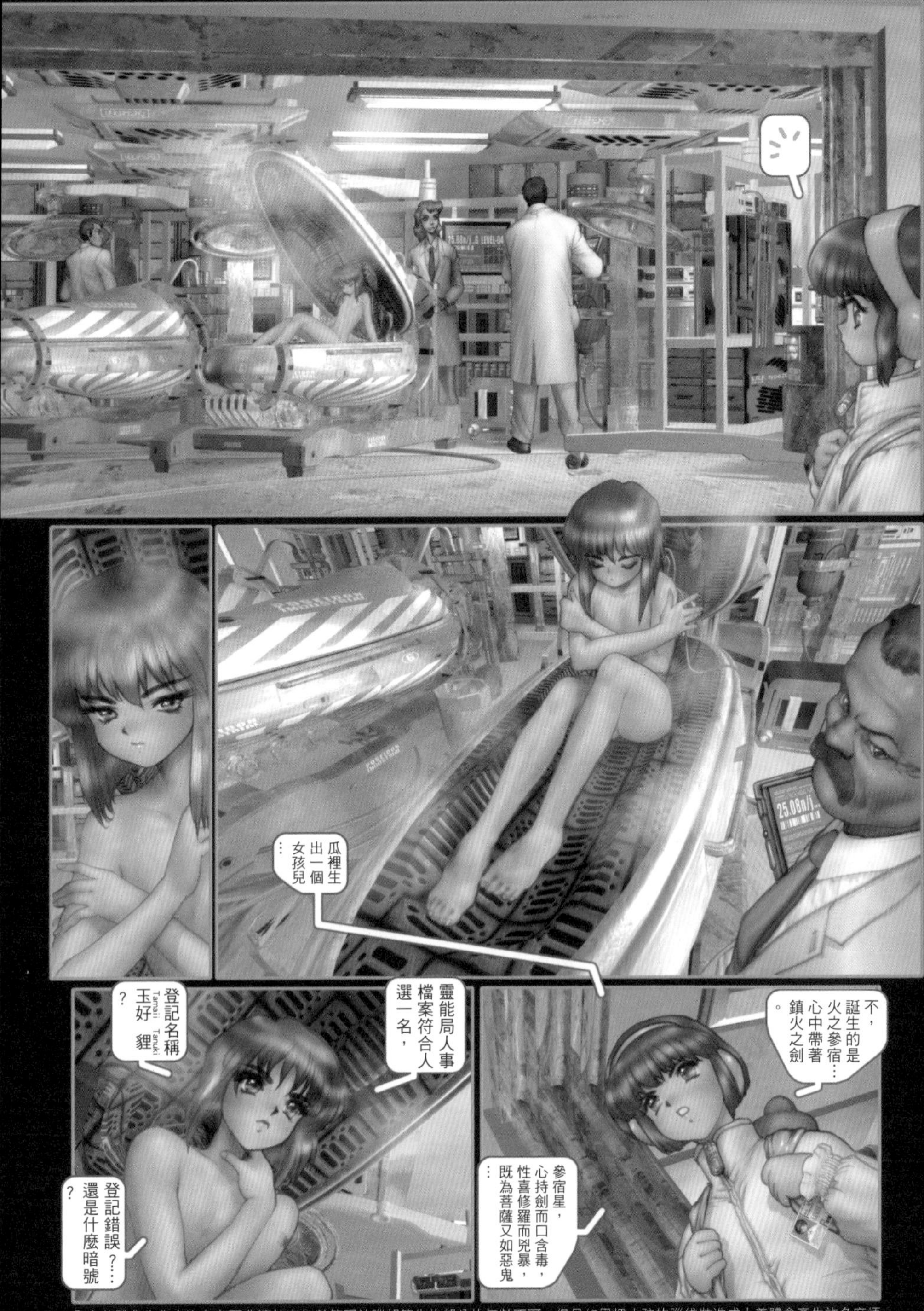

全身義體化生化人沒有必要非讓外表年齡等同於腦部等生物部分的年齡不可。但是如果把小孩的腦袋裝進成人義體會產生許多麻煩的問題，對於人格發展可能也不是好事，因此習慣上還是會使用與腦年齡相稱的義體。在本故事的世界設定中，有些人偏好義體接近自己年輕時的樣貌，也有些人喜歡順應自己年齡的自然義體。

妳來到這黃泉國度？
在這裡，死者依然活著…即使沒有了心靈也沒有了肉體。
文字乃心之鏡，紙束為其體，生命的定義因人而異…
言靈信奉者與武人的爭執已經持續了800年以上…
可曾作夢？
妳指的是可能實現的努力目標？
還是世人掛在嘴上卻捉摸不到的所謂理想？

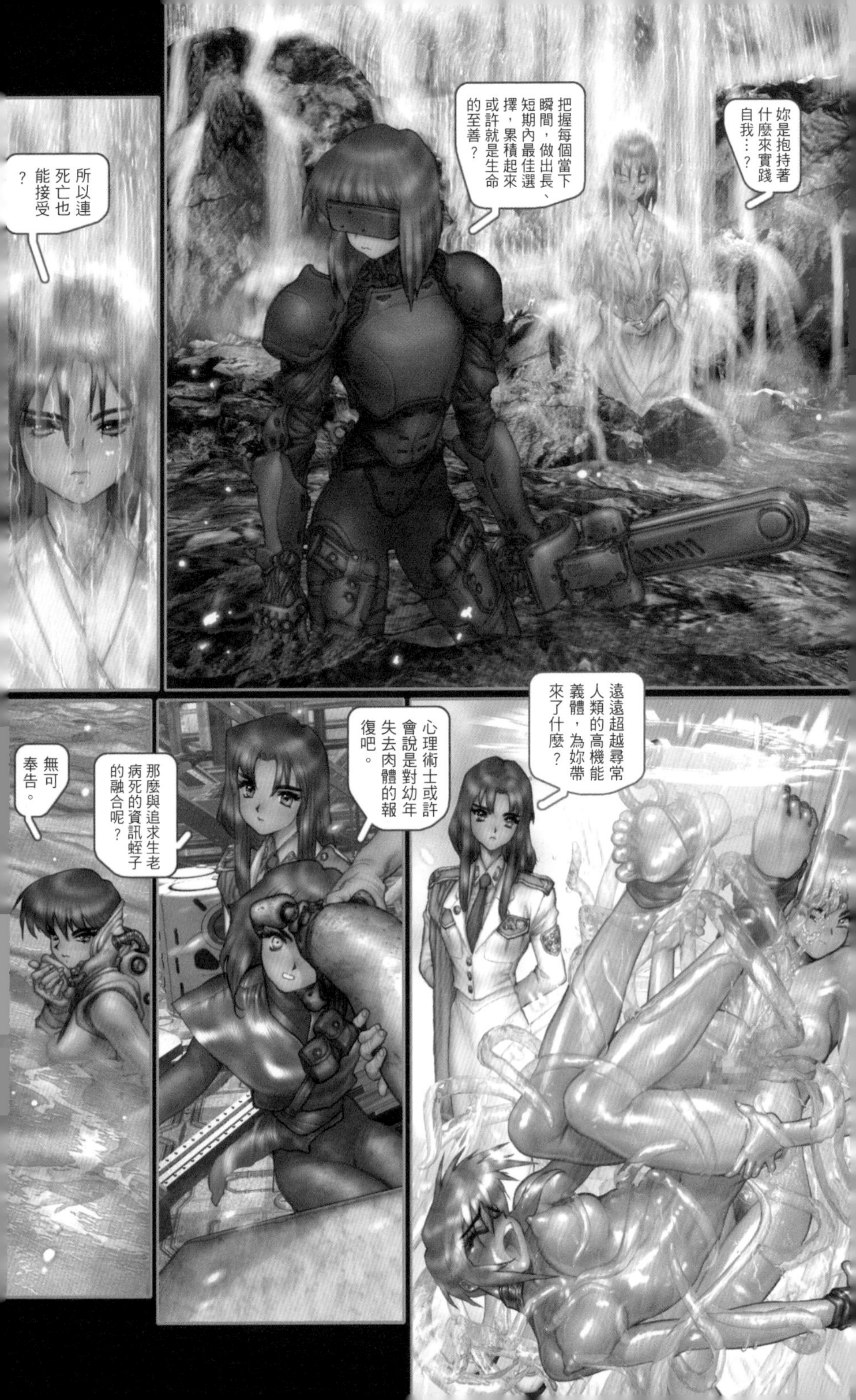
妳是抱持著什麼來實踐自我…？
把握每個當下瞬間，做出長、短期內最佳選擇，累積起來或許就是生命的至善？
所以連死亡也能接受？
遠遠超越尋常人類的高機能義體，為妳帶來了什麼？
心理術士或許會說是對幼年失去肉體的報復吧。
那麼與追求生老病死的資訊蛭子的融合呢？
無可奉告。

是御柱…

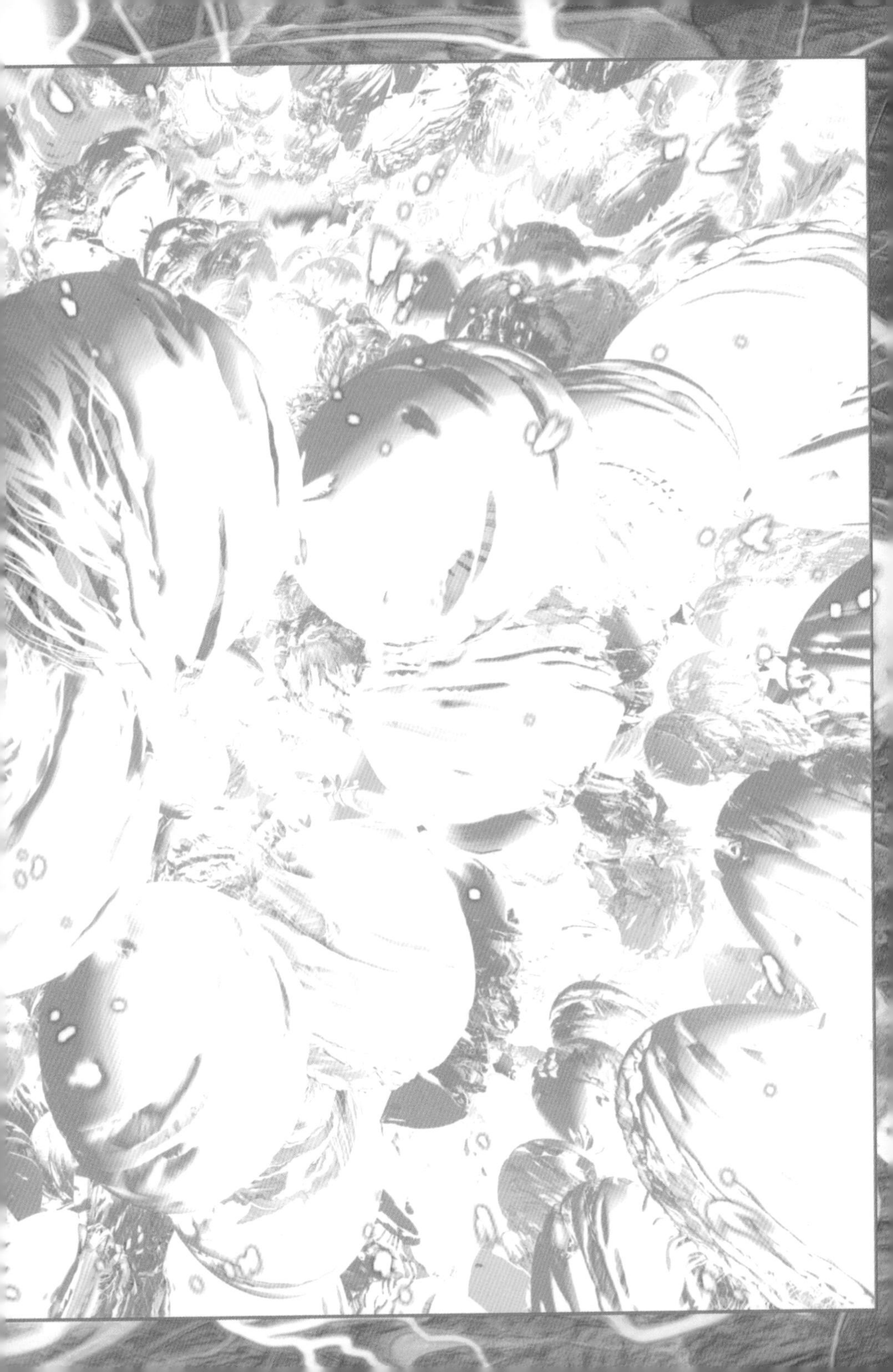

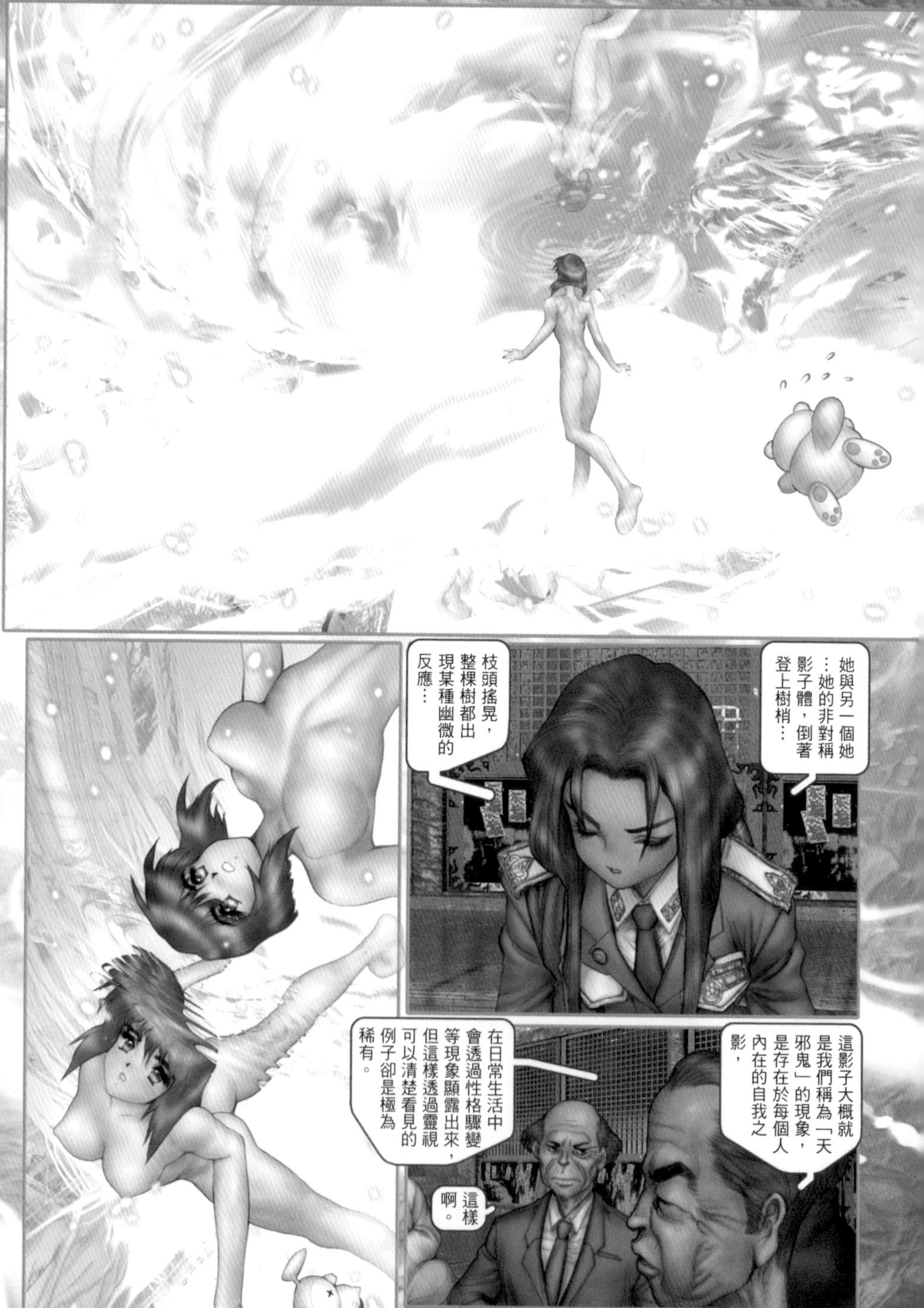
她與另一個她…她的非對稱影子體，倒著登上樹梢…
枝頭搖晃，整棵樹都出現某種幽微的反應…
這影子大概就是我們稱為「天邪鬼」的現象，是存在於每個人內在的自我之影，
在日常生活中會透過性格驟變等現象顯露出來，但這樣透過靈視可以清楚看見的例子卻是極為稀有。
這樣啊。

對靈能局而言，「靈」在內部、外部都具備無限的階層結構，我們稱為「魂」的不過是其中一個階層而已。似乎我們一般抱持著「自我」概念的靈，也是接受著更上層的管理而全部連結為一體。

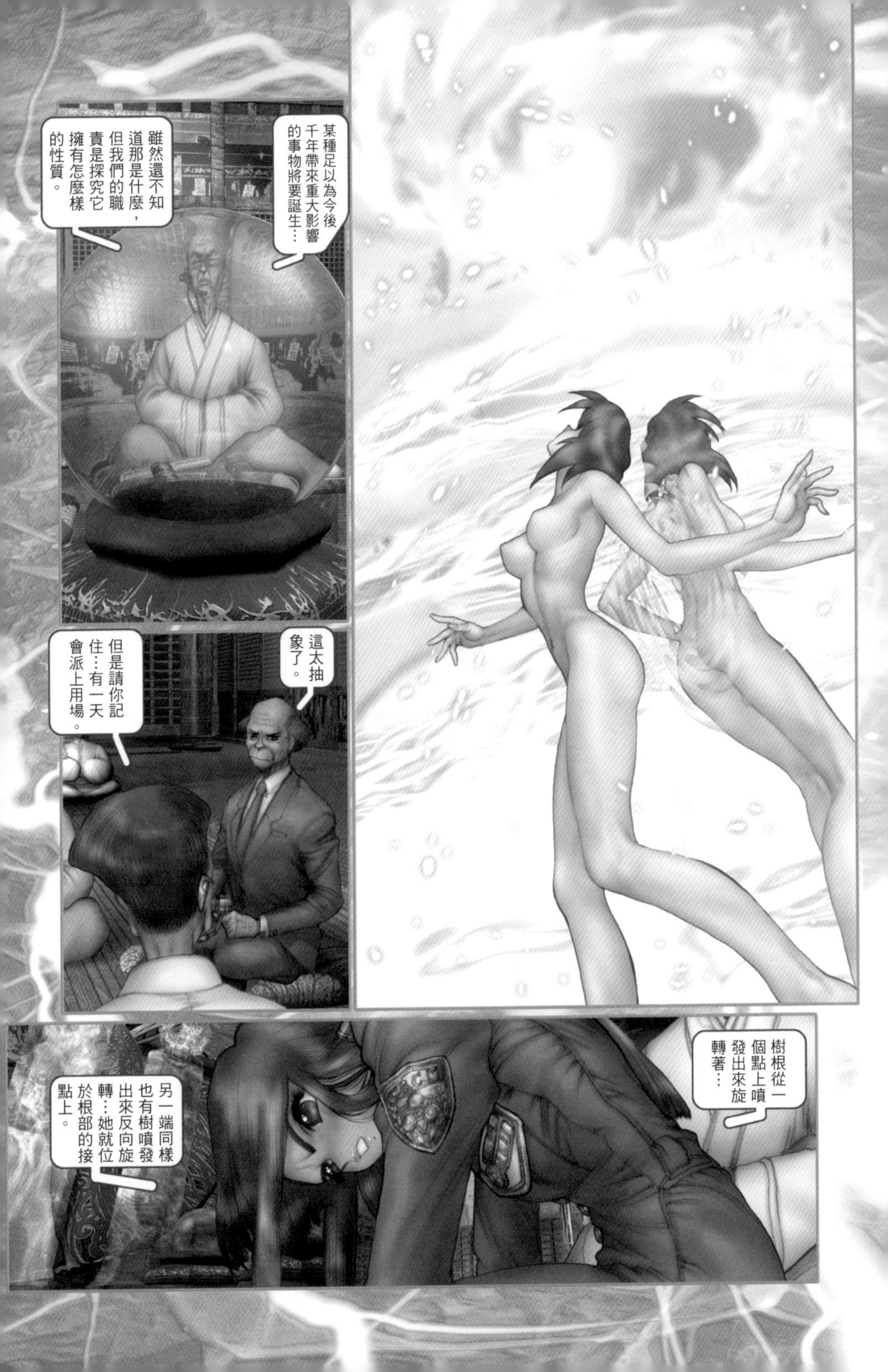

某種足以為今後千年帶來重大影響的事物將要誕生…
雖然還不知道那是什麼，但我們的職責是探究它擁有怎麼樣的性質。
這太抽象了。
但是請你記住…有一天會派上用場。
樹根從一個點上噴發出來旋轉著…
另一端同樣也有樹噴發出來反向旋轉…她就位於根部的接點上。

環是聯想到了大消續姬（大宜都比賣）。

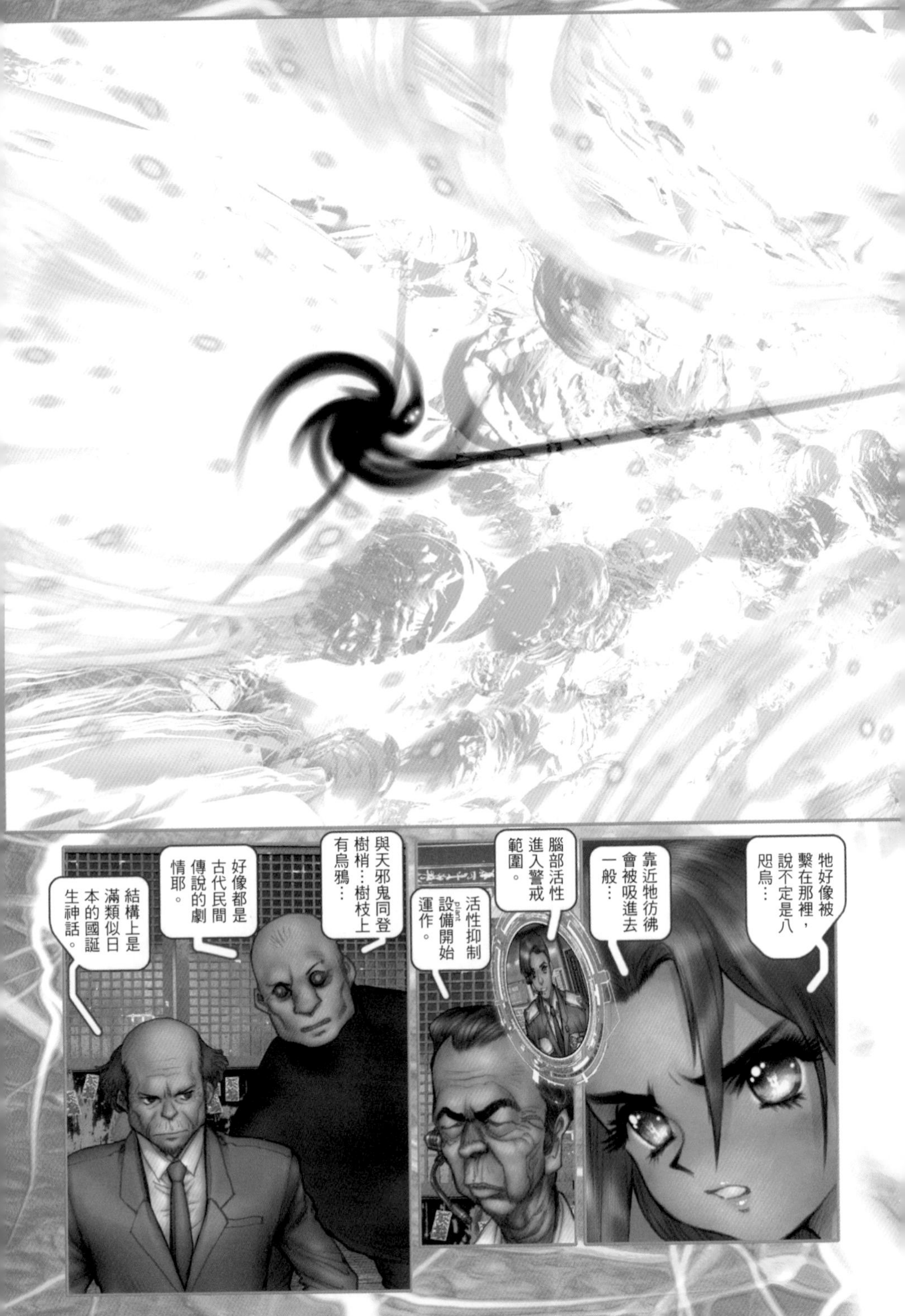
牠好像被繫在那裡，說不定是八咫烏…
靠近牠彷彿會被吸進去一般…
腦部活性進入警戒範圍。
活性抑制設備（plant）開始運作。
與天邪鬼同登樹梢…樹枝上有烏鴉…
好像都是古代民間傳說的劇情耶。
結構上是滿類似日本的國誕生神話。

有人說民間傳說是一種社會規範，或者是誇張化的史實、某種幻想的手段…
不同地區、不同文化圈會出現彼此類似的故事，是不是代表這些社會規範是人類共通的呢？
烏鴉有3隻眼睛…
即使到了這電子腦的時代，靈媒所觀得的概念尚且無法被準確表達、傳遞，依然屬於個人特有，
更不用說人們看見火山噴發會當成「一夜間長大通天的巨樹」的古代。
別想了，工作中的靈媒處於醫學上的特殊狀況，你連進去會傷害她的腦細胞。
在各種神話、民間傳奇當中常常可以發現幾種類似的基礎模式。
雖然它們的細節各自不同，但這部分也有心理暗示的效應，因此我們並不重視。
她現在觀看的「樹」，用你們的說法就是系統樹…是幾千年來廣為人們流傳至今的概念呀。
system tree
烏鴉也在旋轉，形象有如長出手臂的黑洞一般…

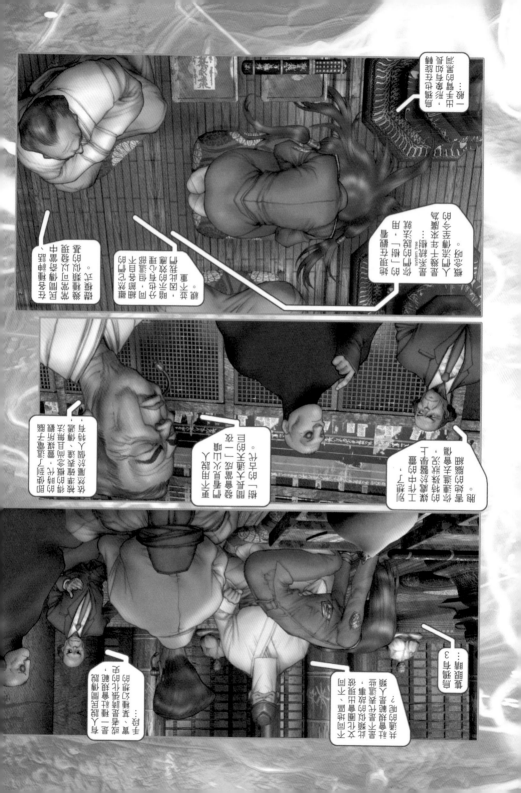

但是這些觀象對我們究竟有多少即時性呢？
如果這位被標定的人物與樹所發生的事件有關，我們可以推測將要有新的枝枒生長。
與二千年、一千年前不同，影響的擴散速度應該相當地快。
抑制設備效果持續低落。
劍、鏡與珠都備齊了…樹梢開始搖晃…
其牽涉影響的規模將遠至視野窮盡之處…

她與天邪鬼之間交換著某種果實……
交換柿子嗎？
不想聽你可以出去。

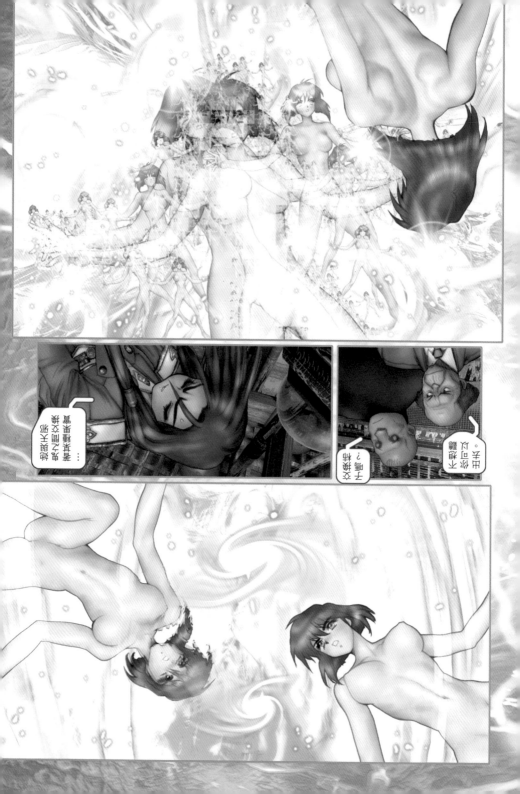

她…在枝頭盛開出斑斕的光華…
…五色的…
猿蟹相爭完現在換開花？

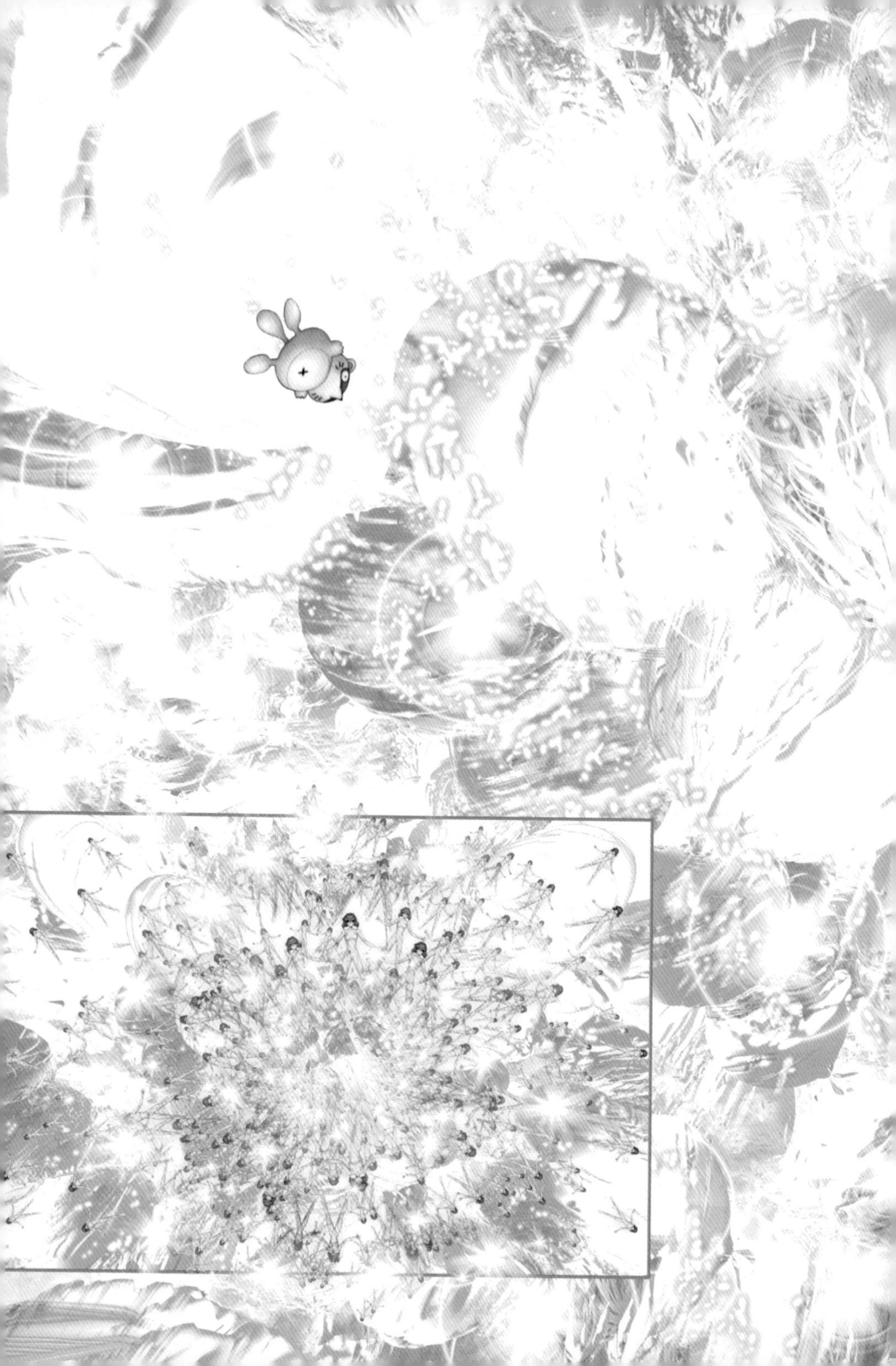

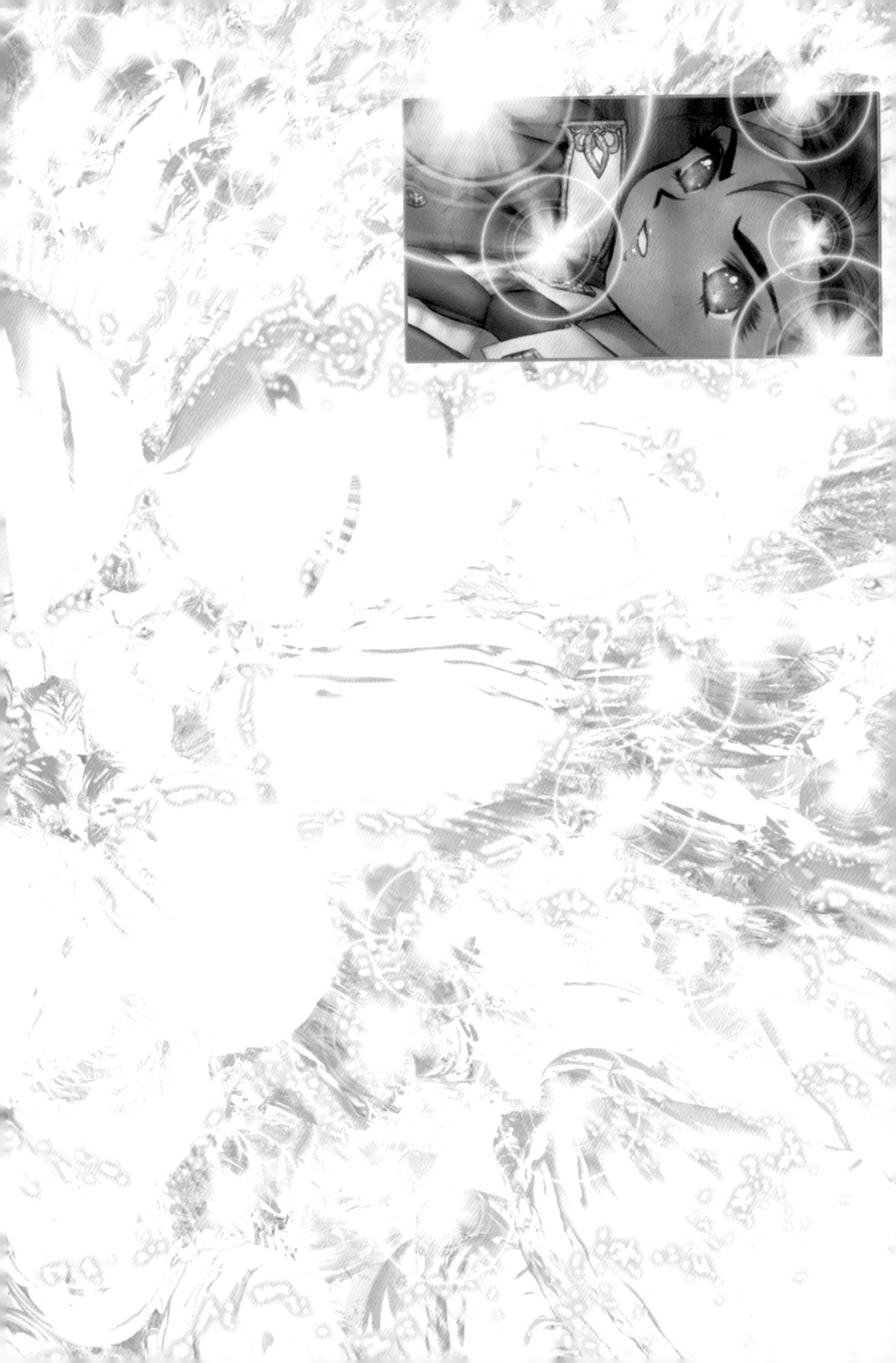

？
樹看起來是雙重的。
雙重？
不對，我才是雙重的…？

以雙重的狀態穩定下來了。
規模達到眼見所及的最大極限…
是旋轉中的鏡子…
抑制設備只剩3座，四肢肌肉與口護套都發出警戒訊號。
好，解除儀式，進入回收程序。
這面鏡子呈現非對稱的扭曲…？
然後呢？
再來就要根據你們的情報來推論了。

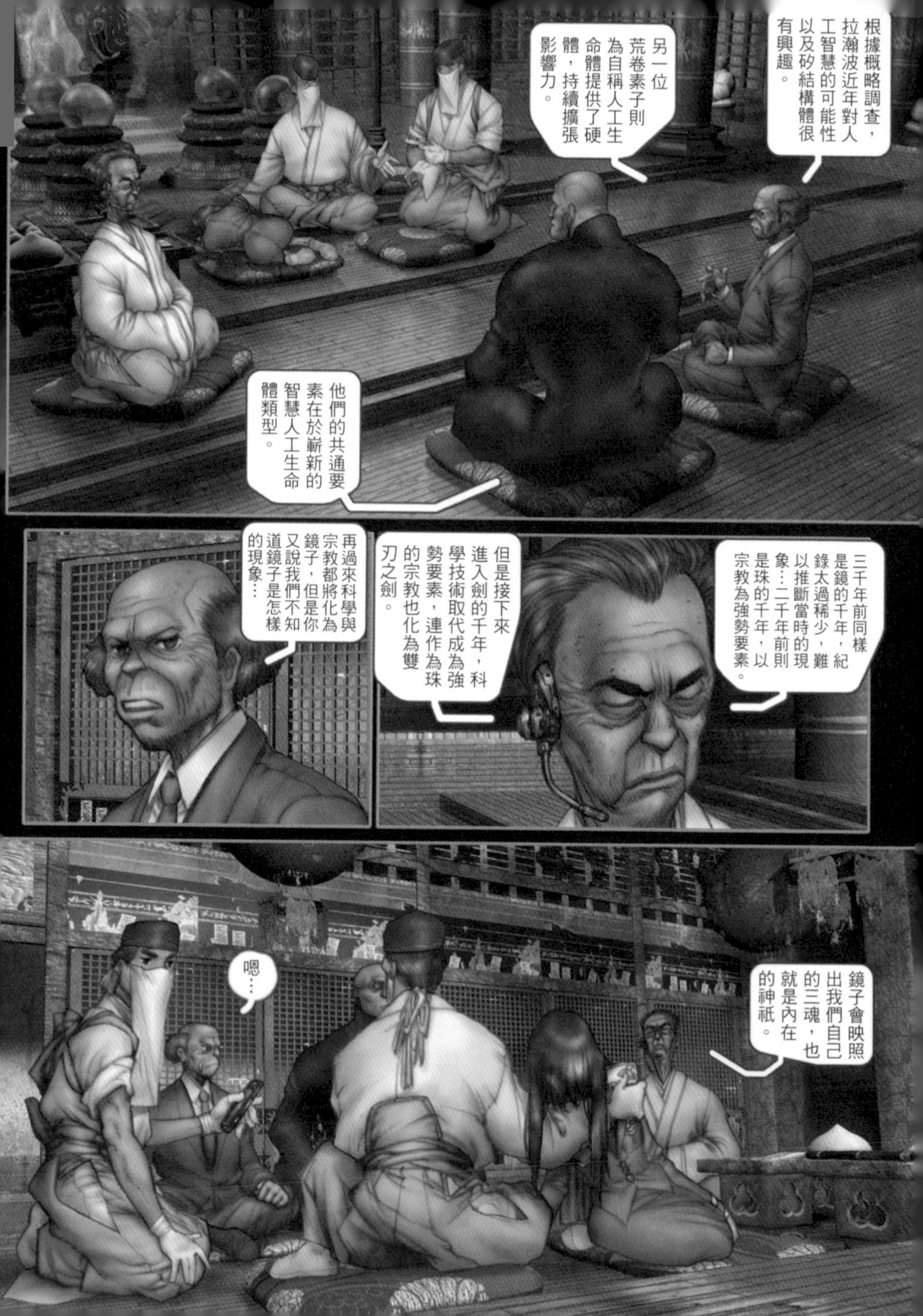
根據概略調查，拉瀚波近年對人工智慧的可能性以及矽結構體很有興趣。
另一位荒卷素子則為自稱人工生命體提供了硬體，持續擴張影響力。
他們的共通要素在於嶄新的智慧人工生命體類型。
三千年前同樣是鏡的千年，紀錄太過稀少，難以推斷當時的現象…二千年前則是珠的千年，以宗教為強勢要素。
但是接下來進入劍的千年，科學技術取代成為強勢要素，連作為珠的宗教也化為雙刃之劍。
再過來科學與宗教都將化為鏡子，但是你又說我們不知道鏡子是怎樣的現象…
鏡子會映照出我們自己的三魂，也就是內在的神祇。
嗯……

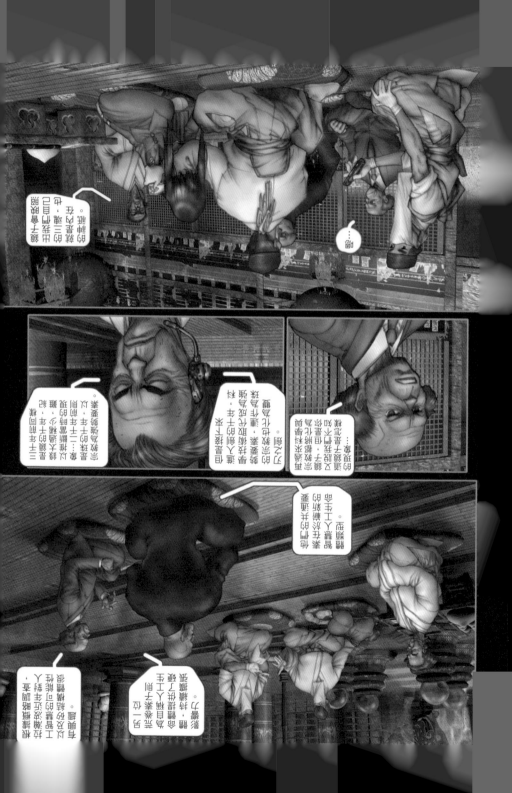

無論如何，我們人類在不遠的將來就要直接面對智慧人工生命體這個現象了。
但它們也是一面鏡子…我們等於是看到人類自己所做過的一切事蹟，對吧？
各種層級都可能出現強度不一的衝突，從文化、環境、政治、科技到宗教…
你也將要面對你自己吧。
但是她又說「這面鏡子呈現非對稱的扭曲」…？
宇宙可不是對稱的，
所以才能存在，並且演進。
但是也有思想認為我們的存在不過是宇宙這胎兒一晚的夢境，御樹的晃動也只是祂的一次心跳而已。
雖然可參照的例子太少而無法斷定，但御樹的晃動應該會造成天邪鬼的壯大。

古代傳說又是怎樣詮釋天邪鬼的呢？
「不斷與人唱反調」、「模仿人類的魔神」、
「臨樹訴說真實者」、「惡魔的使者」…種種敘述都非常曖昧，沒有正確答案。
從魂合的報告看來，作為調查對象的這位人物沒有生化人特有的壓力症候群，
不是位悲觀的哲學家，而是抱持正面態度的現實主義者…新的生命體說不定會繼承這樣的性情。
要是如此又會如何？
她馬上就要面對這一切了。
我在波塞頓的保安部有認識人，要請他們幫忙掌握她的動向嗎？
等時候到了再說吧。

等魂合恢復後我們繼續進行調查。應該要等到中午吧。
你不是說「這件案子已經持續千年，今後也將永遠繼續下去」嗎？
今天接下來要發生的事不過是一個做為開端的中途點，同時也是一個終點。
它們會當下(realtime)發生，因此我希望你也能在場。
我們不是要觀測未來嗎？
未來與過去是一樣的東西，
差別只是從什麼方向看去而已。

什麼？
C.B.C.M.